独角马 · 中篇轻读文库

独角马·中篇轻读文库

老骨头

李师江

海峡出版发行集团 | 海峡文艺出版社

目
录

老骨头

一点三十分，范桂凤第一次起夜。原以为就要天亮，一看时间，叹了口气又睡下去。没什么睡意，硬睡，要不然黑灯瞎火的能干嘛。第二次起夜，是三点三十五，这个时间还有点盼头。她看了看客厅窗外，天还没这么快亮，但是有希望了。撒了几粒米在窗台上，天边有鱼肚白，应该就能看见抢食的鸟了。

在煮养生粥之前，她从电视上把老米的遗像拭擦了一下。她不能忍受灰尘。她一边念叨："老头子，要是还在，这个点我就敢出去遛圈了！"老米走后，她经常这样跟他讲讲话。就像老头米还在客厅喝着浓茶，一声不吭地听她唠叨。

五点半，范桂凤开始喝粥。粥熬得倒是讲究，薏米呀，红豆呀，砂锅里赤橙黄绿青蓝紫，热闹极了，但一个人吃起来，就闲得无聊，好比台上生旦净末丑，台下就一个观众。关键是在嘴里，没味儿。

吃了一半的时候，她下意识拨通了儿子米书华的手机。响了好几声，米书华睡意惺忪的声音才传来。

"妈，出什么事了？"米书华语气还是有点慌。

"能出什么事。我是想告诉你，我最近手机有点问题，别人打过来，我听不到声音，你晓得怎么回事？"

"哎——"米书华叹了一口气，连着一个哈欠，"妈，我跟你说过多少遍了，没有要紧的事，别这么早给我电话……"

"哎，"范桂凤也觉得犯了儿子的大忌，不该这么早叫醒他，但嘴上也不肯认，道："这种事，我还不能找儿子问问？"

米书华不耐烦道："其实你可以找楼下的修手机师傅，很好解决。专业的事由专业的人解决。"

"你都硕士毕业了，难道还不如修手机的，况且你还是我儿子……"

"妈，跟这没关系，我是你儿子，可是也隔着两千公里呀。"米书华强摁住怒火，"你这时候把我吵醒，我这一天，脑袋里都藏着棉絮似的，哎。"

范桂凤准备挂电话，道："行行，你继续睡，我吃完也该出去走路了。"

米书华倒是不乐意道："现在让我睡，也睡不着了，咱们索性聊点要紧事。妈，上次跟你提过那事，我还是决定按照我的想法。"

"哦，上次提过，什么事？"范桂凤来了劲，加重语气问道。

其实她心里明白儿子要说什么事，只不过要儿子亲口说出来。这件事在她看来，态度是坚决的，不容置疑的，必须亲口说出来。

"我，我还是想回来创业！"米书华咬着牙道。

"我告诉你，坚决不行。"范桂凤道，"除非我死了！"

"从小到大，我都听你的，这件事你就不能依照我吗？"

"你在北京好好的，回来干什么，种地？"

"我回来可以创业，有很多可以合作的项目，种地养猪也未尝不可，总之我不想过现在朝九晚五的生活了。"米书华一口气道，"再说了，我回来还能照顾你。"

"种地，养猪，你还能说得出口，你这是给我丢脸。"范桂凤坚决道，"我好好的还轮不到你伺候的时候，你回来我就死给你看。"

"妈，你用不着这样，我也有我的自由……"

"你要再说这个，咱就没什么好说的了……"

范桂凤一急之下，赶紧挂了电话，似乎怕儿子会从手机里跑回来。

再没什么胃口再吃粥了。胃口好像也越来越差。回想起来，七十岁是一个坎。过了这个坎，某个弹簧松了，"咚"的一声，不论是身体，还是心理，各种不对付。她开始步行，从家一直走到新区南岸，来回至少有七八公里，她喜欢独来独往。时光不能倒流，但是身上的这股劲儿是可以要回来的。

修手机的小门面还没开。修手机的，是头发黑漆漆、皮肤苍白的小齐，微信二维码露出个齐字，人家喊小齐。小齐看上去总有营养不良的感觉。话不多，每日都在专注忙活，生意是不错。每次经过，范桂凤会瞅一眼，总是有一种欲望，问问这小齐结婚了没有。这种欲望越来越强烈，有一种如鲠在喉的感觉，好像一种强迫症。今天强迫症已经到了临界点了。但现在时间老是和范桂凤开玩笑，以前没事的时候，天天瞅着小齐，比自己儿子还亲，现在有事了，小齐好像故意迟到似的。

小齐到的时候，歉意地笑了笑，下意识把黑眼睛抬一抬。范桂凤迫不及待问道："有对象了吗？"

小齐有点腼腆，微微一笑，反问道："你不是来修手机的？"

范桂凤把手机拿出来，道："修手机就不能问点别的？"

她一副好奇又忧心的样子，倒是把小齐逗乐了，道："我是说你怎么想到问这个。"

范桂凤也吃了一惊，自己为什么要问这个呢，这倒是个严肃的问题。

"你开这个门面有两年半了吧，中午都是吃快餐，没有一个女孩给你送饭，也没有一个女孩来等你下班，这个，不正常呀！"范桂凤严肃道。

小齐算了算，吓了一跳，自己的事老太太还门儿清。

小齐没有回答，问范桂凤手机的问题。他拨弄了片刻，告知手机没坏，是不小心动了接听静音键。这种老人机简单实用，但也容易把接听键误碰了。

有一个比范桂凤更老的老头蹒跚冲进来，把一个老人机递上来。小齐问哪里坏了，老头道："打儿子电话打不通。"小齐调试一下，道："手机没坏，是对方没有接。"老头听了一愣，生气道："打了两天都没打通，肯定坏了。"小齐没有办法，只好现场做实验，把老头的手机打了范桂凤的手机，手机响了，是播报的声音，"159xxxxxxxx 来电了"，声音倒是响亮，老头肯定是听见了。没想到老头是个糊涂蛋，叫道："别人手机打通了没用，你要把我儿子手机打通呀。"

在老头看来，只有打通他儿子的手机，才没毛病。小齐都懵了，把求助的目光投向范桂凤。大概这种情况，他不是第一次遇见，但是也没什么经验。

老头在这里搅和，肯定影响生意，范桂凤晓得意思。她二话不说，把固执的老头像一头牛一样拉出来。护城河上一溜卖早点的，她买了一块蒸米糕，递给老头，老头倒也不客气，一口嚼下，津津有味地吃了起来，像一条许久没有投喂的鱼。不过老头还是不忘手机，含混道："坏了，怎么办？"

范桂凤道："手机没坏，是你儿子有问题，你打我的。"

她教老头用手机再一次拨通自己的号码，告知手机没坏。老头只是不服气，他把儿子没有接听归于现代科技。范桂凤觉得好奇，反正自己也没什么要紧事，不如管管闲事。

范桂凤把老头送回家，在东门弄里，一个小小的老宅，对了，每年老城区都会有一两次失火，都是这种木结构的老宅。屋里黑洞洞的，锅碗瓢盆倒是一应俱全。范桂凤左右看了看，有米有菜。她一句一句跟老头聊天，老头的耳朵有点背，说话含糊，但耐心点，并不耽误交流。老头的儿子在外面做事，老头也不知道做什么，反正是没正经工作。有时候能回来一下，给老头添置点食物用品。这次有点不对头，打了几天电话都打不通。范桂凤对老头道："也许是你儿子手机坏了，接不了，等他修好了再接。明天你要是再打不通，就找我，我帮你找找公安同志。"

老头姓王，名字连自己都说不清楚。王老头眼里有点光，小鸡啄米一样拙笨点着头，再一次问道："真的吗，可以找公安？"

范桂凤自豪道："我的学生在公安局，你放心。"

老头呵呵地笑了，表情瞬间轻松起来："你是住哪儿。"

范桂凤道："我在对面那个工业局宿舍，二楼，你爬不上去，你打我手机就可以的，你手机没坏的。"

这一番沟通，老头的眼里多了信心。他看冯桂凤离去的时候，像一个孩子看着妈，好像说，你可要回来呀！

她往南岸公园走，每天走七八公里，脚步越来越轻盈，她感觉训练一段，就可以恢复到七十岁之前的样子。在南岸公园，她歇了片刻，站在一群打牌的汉子旁边瞅了许久。一个也有七十来岁，满嘴插科打诨的白发老头叫道："美女，喜欢打牌？"旁边的汉子一齐笑了起来。范桂凤先是有点不好意思，愣了片刻道："可别笑话，二三十岁时候，还真是一美女。"白发老头得寸进尺道："别谦虚，现在也是，来，给你打一把，交个牌友。"范桂凤道："我不会打牌，就瞎看看。"白发老头眨了眨眼，叫道："这就有意思了。不会打牌，还看得津津有味，莫不是看我老帅老帅的。"范桂凤道："不，原来我那老头在的时候，也喜欢瞅着别人打牌。"白发老头道："哦，原来是个单身美女，留个电话，咱们好好交流。"范桂凤笑道："你太轻浮了，不留不留。"老头道："你看我这一头白发，再不轻浮，在棺材里可轻浮不起来了。"范桂凤回道："你就是丢在棺材里，也是个轻浮鬼。"众人哈哈大笑。

范桂凤道："好好看把牌，被你这贫嘴也搅和了，不看不看。"

老头子耍了嘴皮犯了贱，痛快得很，叫道："慢走慢走，明儿还来。"

往回走，专注步伐，让脚步轻盈。老头子走后，她才开始长距离徒步，像是用步伐填充生活，想穿越时光隧道。经过手机维修店，她探头进去。不晓得为什么，她现在对小齐是如此上心。即便儿子的婚事，她那时候也没有如此上心。因为她知道儿子有自己的主见，在外打拼，找媳妇也有自己的想法，勉强不来。儿子找到女朋友后，她就问了一句："她父母是做什么的？"得知其父母是社科院的工作人员，她松了一口气。她对儿媳妇就有一个要求，要求对方是知识分子家庭出身，这样的儿媳妇不会犯浑，儿子将来有好日子过。儿子毕业后，留在北京，也是她的意愿。她一直告诫儿子，要闯出自己的人生。

没等范桂凤开口，小齐就问道："那个大

爷呢？"

范桂凤很是得意，道："是个单身老人家，我把他哄回家了。"

"我还在想，他儿子为什么不接他电话，他来我这儿不止一次了。"

范桂凤道："哎，你年轻呀，等你老了，你就知道了。"

小齐笑了，道："有这么神秘吗？"

范桂凤呵呵笑道："老了你才知道，年轻人不爱接老人电话，你没老，说给你听都不信！"

小齐尴尬地笑了。也许这个感觉确实是到老了，才能体会。

范桂凤觉得越加亲近，道："你还没回我，你有对象了吗？"

小齐露出神秘的笑容，道："大妈，这是隐私，您要尊重我们年轻人的隐私。"

范桂凤粗鲁道："别什么隐私不隐私的，我这是关心你，把你当自己人，告诉我，是不是没有。"

小齐看她一副不达目标誓不罢休的劲儿，羞涩道："原来有一个，后来不成，分了。你看我现在每天忙得，有工夫谈恋爱吗？"

范桂凤一拍脑袋，道："这不得了，等我消息哦，还扭扭捏捏的。"

二

米书华定了下午两点的机票，就是为了上午能睡个安稳觉。但是被妈妈吵醒之后，起来撒了泡尿，继续睡回笼觉，就不那么安稳了，到了上飞机，头还是有点昏昏沉沉。不过他觉得可能跟睡觉关系不大，主要还是因为紧张，现在他干的这件事，是平生第一次跟老妈对着干。按照老妈的话来说，甚至关系到老妈的生死。

春节回来的时候，他先跟同学郝少林去考察了项目。五百亩的山林，承包二十年，第一是培植园林绿化项目，主要是桂花和樱花，第二是放养香猪。郝少林有经验，他父母就是经営园艺的，有一套娴熟的经验。郝少林耳濡目染，十分渴望拥有一片林场。因此他在说这个项目的时候，眼角带着泪花。米书华心中一动，那种久违的感觉涌了上来，想说又说不上来，后来睡了一觉，才总结出来，那种感觉叫做热爱。他恍然悟到，自己从未干过热爱的事。

米书华下定决心后，得到妻子的支持。这件事，对他们夫妻来说，也并非是一时之选。去年，米书华在去年一次单位加班中，突然间倒地，昏厥过去，还好有同事琴姐懂得做心肺复苏，把他抢救过来。在医院里呆了两天，身体倒是没有大碍，但是各方面指标不是很好。归结原因，是熬夜、少运动。米书华回来，跟妻子说，自己在鬼门关走了一趟了。夫妻俩专程去感谢琴姐，严格地说，确实是救命之恩。琴姐说，不是我夸自己，我这一招，不止救了你一个，以后还用得着，你们也该学一学的。聊了许久，两人对生命都有了崭新的感悟。

在过了一个团圆年后，趁着母亲心情不错，米书华开始吞吞吐吐地谈起想法。米书华感觉自己心跳得厉害，之前高考、入职面试，心跳都不会这么快。高考，入职是顺理成章的，而这件事，米书华心里明白，有点"初次犯上"之意。如果米书华说，自己要被公司外派，要出国，母亲肯定会放鞭炮庆祝，但是说回乡创业，没门。在她的观念中，大的世界在远方，在海外，是争取荣誉之地。不出所料，他刚说出意思，范桂凤就急了，说你脑子是不是被驴踢了。从小到大，含辛茹苦，一步步调教，就是让你翅膀硬了，往更远更大的地方，没让你走回头路。这一波攻击，让米书华心慌，但还是预料之中。

米书华开始议论反攻，道："妈妈，我脑子的问题，比被驴踢了还厉害！"

他在办公室休克这件事，并没有告知母亲。首先，让远在千里之外的母亲担心于事无补，反倒徒增许多唠叨。其次，从幼儿园开始，母亲对自己的一言一行，精心规划，好像自己是她的思维的延伸，离开母亲后，他不想再这样了，让自己的生活能够独立些，或者说，尽量不受她的控制，学会自己拿主意。现在为了说服母亲，他不得不把这件事拎出来了。米书华很难用语言表达这件事对自己的冲击，总而言之，他觉得生活不是亦步亦趋，跟着潮流，应该跟随自己的热爱。具体而言，以前他做软件技术，后来年纪大了，转做销售主管，这非想要继续的一种职业。

他记得小时候，自己唯一一次任性的事，便是在校门口买了两只小黄鸭仔。虽然妈妈不同意，还是让在柴火房里养了一周。一周后，他放学回来，母亲告诉他，养鸭子影响学习，她已经处理掉了。至于如何处理，她板着脸，闭口不谈，让米书华彻底忘了鸭子。但不承想，两只鸭子在米书华脑海里盘旋多年，甚至多次梦见，皆是惨状。只有上大学以后，有一次做的是个好梦，两只鸭子在河道里游着，前面是一个瀑布，被席卷而下，眼看九死一生，片刻，两只鸭仔突然从水里冒出来，在水面上欢快游走。米书华心中一块石头落地，从梦中惊醒，浑身轻飘飘的。

范桂凤摇了摇头，道："如果身体有病，就应该到大地方、大医院去治，那里医术高超，哪有回到小地方的。"显然，米书华和范桂凤说的是一件事，但理解的，确是两套精神，风牛马不相及。总之，春天的那次谈判，以失败告终。春节过完，范桂凤就赶着儿子回京，免得耽误工作。

但米书华与郝少林的联系并未终止，承包山地的谈判在有条不紊地进行。在郝少林的鼓励下，米书华这次是铁了心地回来创业了。一想到自己在满是桂花和樱花的林中，养着上百只香猪，米书华就有一种由衷的喜悦。好似一个久违的梦想终于实现了。

六点到达家乡，郝少林已经订好酒店。对米书华来说，这是一种奇妙的感觉，第一次回到家乡，住的是酒店，既有兴奋，也有一种胆怯。古人说，"近乡情更怯"，真有同感，只不过是不同的怯法。郝少林说，为了避免碰到范桂凤，特别订了离家甚远的山水酒店。小城市说远也远不到哪儿去，大概直线四公里。夜幕降临，稍微休整一下，郝少林要带米书华出去吃饭。米书华却踌躇了，这明目张胆地出去，要是碰上范桂凤可怎么办？郝少林笑道："你真是风声鹤唳草木皆兵，现在她肯定吃完饭，最多也就附近溜达，这里绝对是安全领域。"米书华道："可是毕竟有熟人朋友，见了难免风声泄露。"郝少林初一想，觉得可笑，到了自家地盘，还跟做贼一样。仔细一想，也有道理，这事现在是八字还差一撇，要是让他妈知道了，要死要活的，米书华优柔寡断，有被搅黄的可能。两人权衡左右，最后决定戴着口罩出去，去找个不太热闹的饭馆，警惕的劲儿，像是地下工作者。两人找了家乡风味的小馆子，跟服务员争执半天，才要到一个小包厢。米书华鬼鬼祟祟，但终于可以放心了。这种小聚对米书华来说，是久违的，亲切得让内心湿润。在北京跟老乡、同学聚会一次，都要提前好几天约好，聚集时间再跟下班高峰期堵在一块，吃得不轻松。北京的聚会，让人紧张，小城市的聚会，信手拈来。从这一点上来说，米书华似乎在期待着未来的小城生活。当然，如果现在能再约几个好友，那是再爽不过。米书华怕风声泄露，拒绝了郝少林的建议。

"我觉得自己在做贼。"米书华自我解嘲道。

米书华的表情像一个十岁的孩子，做了不该做的事情，有一种内疚。不管他现在人高马大，甚至颇有威严，只不过是个乖乖男。

"男人不做贼，就永远是个男孩，长不大。"郝少林笑眯眯道。虽然郝少林在生活上更依赖父母，不过在心理上，明显更成熟。

"此话怎讲？"米书华喝了两杯小酒，来了兴致，索性敞开谈。

"这就是一个比喻，我想你应该比我更清楚。当然，也可以不是比喻，比如说，当初我背着父母跟女朋友约会，那会儿叫早恋，就是跟做贼一样。要是被我父亲知道，还不得打断腿。后来我们谈着谈着，肚子搞大了，后来的事就顺理成章了，我爸不同意也得同意了。这件事让我觉得，我也可以不用听我爸的，自己走自己的路子，那一刻我就觉得自己是个男人了！"郝少林指手画脚，回顾自己的昔日时光，颇为自得。他是高中同学里结婚最早的，大儿子刚刚上大学了。同学聚会时，郝少林说，我成绩不如你们，但是我肯定是第一个当爷爷的。

"但是你觉得自己做得对不对呢？"米书华书生气十足。

"笑话，这世界上哪有对错，只有喜欢不喜欢，对不对得起你的生命！"

"少林，精彩呀。没想到你成绩那么差，却这么了解生活，真是听君一席话胜读十年书。"

"其实你都懂，只是你胆子小，听话惯了，不敢行动。我是没脑子，但是什么都敢干，所以我们的组合，绝对是互补的。"

窗外有一个大妈咳嗽了一声，似乎还往里瞥了一眼，米书华警惕地回看一眼，道："怎么听声音，像我妈！"

郝少林哈哈大笑，道："你这人高马大的，

真是有贼心没贼胆。这么风声鹤唳的可干不了事，看来我要借你一个胆。"

米书华也觉得不好意思，道："初次违背我妈的意愿，对我来说，是石破天惊的事，这个你要理解一下。哎，实际上，咱们这个项目要是谈成了，怎么跟我妈交代，我还犯愁呢。"

"生米做成熟饭，她就认了，这个不用考虑的。"

"不，她说她会死给我看！"

"女人说死，就是根本不想死，这点社会经验都没有，你真是太脱离社会了。"

米书华却若有所思，道："我妈跟其他女人不一样，她可是说一不二的。"

郝少林叹道："哎，你是怎么养成这么听话的性格，我倒是很好奇。从小我就跟我父母对着干，难道你就没有干过一件违背你母亲的事？"

米书华掰起指头数了数，点了点头，道："还确实如此，上学、找工作，结婚、生子，即便不是百分之百按照她的意思，也是百分之八十了。"

"我真不知道你是怎么做到的。现在不是你妈的问题，而是你的问题。来，把这杯酒干了，以后当个男人！"

米书华把酒干了，眉头一皱，道："酒我能喝，可是问题还没解决，我妈要是知道了，别说寻死，便是一着急，血压升高，我也受不了呀。"

"你妈的问题，交给我，好吧。你先把自己的心放在我们的事情呀，我们现在要对付的是老郑，而不是你妈。"

老郑是林场的负责人，跟郝少林的谈判持续了几个月了。

"我妈的问题，你如果不说，我还是不放心。"

"哎，对付老年人，是我的长项。俗话说，好汉不提当年勇，你这是逼我不得不提了。当年，我把我老婆肚子搞大了，还是地下女朋友呢，她父母气炸了，喊着要杀我，我是无家可归呀。这个形势比你严峻得多吧，后来有隔壁那个上门的老头给我指点迷津，说你把丈母娘搞定，一切就好起来。你猜怎么着，后来我丈母娘对我比亲儿子还好，身上的钱怕被我岳父偷去赌六合彩，都藏在我这儿。"

"你是怎么做到的？"米书华饶有兴致。

"这个是我的秘籍，一般人我不告诉。专业的事交给专业的人做，你放一百个心就行了。"郝少林对此事势在必得，相当笃定。

米书华道："少林呀，要是别人说这话，我可能还放心，你说这话我就不放心了，当年你在班上，可是以马虎而出名的。"

少林与米书华有过同桌之谊。当年郝少林褪下裤头，把屁股亮出来，一道道淤青，像抽象派的油画。郝少林道："这是我爹下的狠手，你还不帮帮我么？"米书华被他的屁股蛋给吓懵了，一狠心，考试时就故意露个空档，让少林偷看。米书华说："这事对我来说也是为难，你可别说我故意给你偷看的。"即便如此，郝少林还只是考了 62 分。米书华是个完美主义者，看他的卷子，恨铁不成钢，道："抄也能抄错掉，真没见过你这么马虎的！"郝少林喜滋滋道："够了够了，及格了就不挨揍了，再多余可把我爹惯坏了！"

少林做其他事情，马虎一点可以，因为世上大多事并不需要过于认真，甚至糊涂一点还有好处。但米书华觉得母亲是个极度较真的人，少林这些花招恐怕无济于事。

少林没有办法，只好劝他喝酒。他知道像米书华这样的怂蛋，如果不靠酒，根本不像个男人。米书华喝了半醉，还忧心忡忡道："如果我妈给我电话，我该不该撒谎呀？"少林道："你就当你在北京，平时怎么聊现在就怎么聊。那不叫撒谎，那叫空城计。"

三

工业局宿舍是 2000 年左右单位的集资自建房。在现在市区的高层建筑映衬下，灰头土脸，不起眼。但有个特点，结实。当初老米跟着单位员工日夜监督工人，生怕被偷工减料，住个几十年，质量上是有保证的。老米在的时候，女儿米月华和儿子米书华都建议把旧房卖了，加点钱买个电梯房，老两口也方便。但老米死活不同意，第一，这座房子是自己一砖一瓦用心督建，有感情，在老城区，生活方便。第二，在二楼，这几个台阶自己吃得消。范桂凤也同意老米的观点。老人家嘛，懒得再去适应新环境了。

　　宿舍楼第一层是门面房，小吃店、杂货店、理发店一应俱全，就连年节要给先人的香烛元宝，也是一应俱全。生活是方便了，但是也嘈杂，卫生条件搞不太好，有时候范桂凤不免抱怨，这个抱怨成了生活不可分割的一部分，如果有一天这些小矛盾不存在，那就不是生活了。

　　范桂凤回来时，经过铁拐李的水果店，买了四个脐橙。就在铁拐李转身约称的间隙，手机已经被八九岁的儿子皮蛋握在手里，对着屏幕一顿乱戳。铁拐李转身，从皮蛋手里抢过手机，皮蛋还躲闪，被铁拐李反手就是一巴掌打在脸上，叫道："我这刚过一关你就来捣乱，我抽死你！"皮蛋脸上就涕泪开花，也许迫于铁拐李的淫威，居然不敢还手，只是朝着坐在轮椅上的奶奶哭。

范桂凤火噌地冒了出来，叫道："你这还是亲爹吧，就算是后爹，也不能这么下手！"

铁拐李不以为意，梗着脖子道："你不晓得这游戏多难打，孩子老来捣乱！"

这一家子水果摊跟这儿有两年多了。最早是一家四口，铁拐李夫妻俩和儿子皮蛋，还有一个八十来岁的老娘，终日坐在轮椅上东张西望，口齿不清，瞌睡的时候流出口水。铁拐李是个瘸子，走路姿势不好看但也不太影响生活，开电动三轮车、搬运水果，样样不耽误，就是娶不上老婆。后来这个老婆听说是买的，贵州的，外人也不晓得姓啥名啥，就叫贵州人。贵州人一年前突然跑回老家，不来了，听说有另外的主了。铁拐李也不勉强，反正有了一个孩子，买得不亏，心里没什么遗憾。在残联的帮助下，有了水果摊，日子还能过，老小能在一块，玩着游戏心满意足。

他老娘坐在轮椅上，像看电影一样看着街上来来往往的人群。偶尔铁拐李削一个烂掉的水果给她，她用仅有的三颗牙齿嚼得津津有味，陷下去的腮帮子剧烈地运动，好像一台永动机。范桂凤倒是关心她，有时候凑着她耳朵问道："儿子对你好吗？"

她听懂了后连连点头，叫道："孝顺，孝顺。"冯桂凤不晓得她说的是真话还是做面子，还是为了讨好儿子，总之脸上还是一副心满意足的样子。

不过对于孙子被儿子打得屁滚尿流，她也没什么招数，想伸手去给孙子擦把鼻涕却够不着，鸡爪一样的手指便在空气中空舞。

范桂凤老是打趣铁拐李，道："带老人孩子出去走走，现在公园特别漂亮。"铁拐李没好气，道："我哪有时间。你不也整天没出去吗？"范桂凤骄傲道："我没出去？我天天跑公园，远一点我想去旅游就去旅游了，坐飞机坐火车都没问题。"铁拐李晓得范桂凤是炫耀，道："你倒是旅游一次给我看看。"

范桂凤见铁拐李打孩子，好想把四个脐橙砸到铁拐李身上。她看不惯铁拐李不是一次两次了。她朝皮蛋招了招手，皮蛋就像个小狗可怜巴巴跟在后面了，她把皮蛋带回自己的家。

对于范桂凤，皮蛋也熟悉了，乖的时候一口一个范奶奶。但范奶奶干净、优雅，好像是另外一个世界的人，使得皮蛋也不敢太亲近。

范桂凤先把皮蛋带到洗手间，把他的脸和手擦洗干净，道："怎么搞的，像从下水道捡来的孩子，你爸，真不是一个好爸爸。对了，你妈有回来看你吗？"

皮蛋愣了一下，摇了摇头，好像那是一件很遥远的事，已经从他记忆中删除了。

"想你妈吗？"范桂凤倒是像一个好奇的孩子，不依不饶。

皮蛋这时候恢复了专注，认真说："不想，因为想了会哭。"

范桂凤道："你倒是乖。我也想了会哭，可我偏偏会想。"

"你也是想妈妈吗？"

"我想那个人。"范桂凤指了指电视柜上老米的照片。

皮蛋睁大眼睛,似懂非懂。

她把皮蛋洗得干净,像个有人管的孩子,再放到沙发上,剖了一个橙子,拿了一本儿童漫画书,对皮蛋说:"你跟这儿看书,懂不,看书的孩子才有出息。"

她原来是老师,对付学生有一套。她收集了不少小人书、漫画书,准备给孙子和外孙女回来的时候看。春节回家,家里一片闹腾,孩子根本没心思看书,要么玩游戏要么看动画。这让她有点失落。她一辈子教育孩子,把一对儿女也培养得相当优秀,引以为傲,如今插不上手。皮蛋并非爱看书,而是会听她的话,这让她有一丝窃喜。这一堆书,似乎也重新焕发生命。

"我看不懂。"皮蛋叫道。

范桂凤就坐在旁边,一副画一幅画给他讲故事。孩子听得有点入迷,渐渐上道,更重要的,皮蛋从未有过这样的亲昵,他甚至都没听清楚，只喜欢被教导的感觉。范桂凤有点兴奋起来，不仅是因为自己恢复了教师的本能，更重要的是，家里有了一个小孩，就如池塘里跳进一只青蛙，活了过来。

确实，老头子走了以后，这个家安静与空旷了许多，有时候从卧室到厨房，她会觉得有穿越寂静丛林的感觉。那种感觉说给人听都不信，那确实存在。老头在的时候，她觉得整个厅房是连为一体的。老头在房间叫一声，她在哪个房间都能呼应，声音把这个家连接起来，那是一种不一样的生机。

"你爸在家有打你吗？"范桂凤对铁拐李的手贱耿耿于怀。

皮蛋趁机哭诉，说爸爸都有打他，从头到脚都有打过。范桂凤听了一把眼泪就出来了，把皮蛋的身子骨上上下下检查了一遍，没看出什么伤痕。便道："这次便宜了你爸，下次再有打你，你过来找奶奶，那里青了肿了给奶奶看，奶奶给你找警察！"

皮蛋可高兴了，道："如果有警察帮我，

我爸可就倒霉了。"

皮蛋要走的时候，范桂凤让他带走一本薄薄的绘本，吩咐道："你回去看，看完了再来换一本，别跟你爸抢手机，懂不，他那一巴掌能把你脑壳打坏了！"

皮蛋从未获得大人如此重视，表情都骄傲起来，叫道："范奶奶，你比我奶奶还好。"

范桂凤在门口道："以后别叫我范奶奶，就叫我奶奶，懂吗？"

皮蛋像个皮球一样滚下楼梯。范桂凤一阵欣慰。自己把一对儿女教育成人之后，她就难以找到这种满足感。不得不说，她是以教育行家来定位自己的，她以乐观、进取的态度来要求子女，她觉得这是儿女前途无量的最重要的原因。

刚刚安静下来不到三秒，范桂凤突然一拍脑袋，自语道："差点忘了正事。"

她现在觉得自己身上装了弹簧似的，总是安静不下来，总有股躁。她必须有动作，这样才能平息不安的能量。

她拨通了米月华的手机，响了七八声，米月华那边才接听，而且是压低的声音。

"月华，春节来咱家那个中学女同学，我要找她。"

"你找她作甚？"

"她女儿不是要找对象吗，我这儿有主呀！"

"妈，你怎么这样，现在不兴这样，爸在的时候你没这么爱管闲事呀！"

"哎呀，我做点好事，怎么就惹你不高兴了。"

"妈，我在开会，不跟你说了，你就少管闲事。"

范桂凤还不甘心，"诶诶诶"几声，确定米月华那边挂下，这才罢休，自语道："成天开会，开会就比人家的终身大事重要么！"

米月华也是范桂凤的骄傲，作为长女，从小在范桂凤的言传身教下，独立上进。毕业后在上海工作，现在是一家大公司的高管。高管的工作就是开会，没有闲聊的时间，更没有闲聊的心情，这一点范桂凤心里明白，但她还是有点不服气，不晓得哪里不服。总之，生活出现了一点岔子了。

春节米月华到家，有一个初中女同学过来看望。那女同学结婚早，生孩子也早，女儿已经大学毕业了，也不找工作，就呆在家里，也不出去，就在电脑上折腾一点什么东西能赚点钱。攒了一笔钱之后，就出去旅游一通，然后又回来坐在电脑桌前，有时候饭都搬到里面吃。女同学很无奈，都不知道孩子这样生活是不是有病，希望女孩子找个男朋友结个婚，能改变一下生活习惯。言者无心，听者有意，范桂凤可上了心了。不过她很后悔没留女同学的联系方式，现在在女儿那边碰了个软钉子。

她觉得考验自己记忆力的时候到了。根据现在脑子留存的信息，那个女同学好似现在没有工作，做家庭主妇，经常在东湖市场买菜。改天上东湖菜市场去候着，看看能不能碰上。她感觉找到了年轻时严密的逻辑，为此得意。

然后她继续回忆，看看还有没有别的蛛丝马迹，总之，她恢复成一个逻辑严密的推理者，这才是真正的她。

临睡前，她从桌上取了一个纸盒牛奶放在枕边。最近老是睡不着觉，醒着，有时候胃就不舒服，说饿不像饿，但又想吃点东西。听了一个朋友建议，喝点牛奶，可以保护胃黏膜，也可以让胃妥帖。今天一整天她的脑子里都是米月华那个女同学的模糊信息，没有很好入睡，导致她在凌晨四点起夜时，依旧想的是这一出。天冷，大概是十度左右，这个天气对于宁德来说，已经很冷。一些北方的朋友来此，听说冬天也就十度，觉得爽快得很，棉衣、羽绒服之类是不必的了，被冻出鼻涕之后，方晓得厉害。北方的冷是干冷，这里是湿冷，像化学攻击，不可同日而语。

范桂凤扯了一件针织背心披在身上，心里是想着去完卫生间，回来穿衣起床罢了。这本是平常之举，下意识的行为，哪想到有些猝不及防，就在举手投足之间突然袭击。回来经过客厅的时候，她摔了一跤，不晓得是滑倒还是被绊倒，总之她的脑子还在想女同学的事。她能听见咔嚓一声，像房梁的折断，晓得来自身体内部，但并无什么痛感。在家里摔跤，这是从前不曾发生过的事。她有点懊悔自己的不小心。她想起身，以后绝不允许这种事的发生，摔跤，意味着身体不行了，她拒绝这种想法。

但她起不来了。下半身动弹不得，身体像失去知觉，不属于自己。她有点慌，感觉像被施了一道咒语。这种慌不是人生的猝不及防的慌，而是控制不了身体的慌。她一直以身子骨为傲，甚至觉得有异于同龄人，走路如凌波微步，轻盈得很，几年来不吝笑纳这样的赞美。她吸了一口气，动用全身力气做一次挣扎，这次是深刻地感觉到，身体里某个重要的部件失灵了，导致骨头不听使唤了。她心里明白，人是靠硬骨头才能撑起来的。现在她明白，一时半会儿是起不来了，不能去费力气了。她寄予希望，这只是身体某一处的暂时停止运转，等气血通畅后自然恢复。

　　大概一个小时后，她被鸟鸣声惊醒。这期间她想养精蓄锐，索性什么都不想，忘记惊惶、忘记寒冷，什么事等睡一觉起来再说，就这样昏昏入睡。人真是奇怪，凌晨醒来在床上翻来覆去睡不着，但在地板上却能睡着，不可思议。天亮了，阳台上的麻雀来吃米了。以往，她放一把米在那儿，好像那麻雀是自己养的一样，好像这个家有很多人一样。这样与鸟和谐的生活，在她空巢的生活里十分重要。今天她不能喂鸟了，鸟儿叫声有点奇怪，这一点她心知肚明。但有什么办法呢！她像摸彩票一样小心翼翼地腰部发力，试图爬起。希望与力量都如泥牛入海。她长长地叹了一口气：身体已经不属于自己了。

　　她开始求救。以她的性格，求救？好像这辈子没有想过。她教育子女要独立，自己当然是独立的，所以求人的事，很极少张口，若有的话，也是矜持的。因此，她开口求救，都不好意思喊出来，倒像一个人在极具张力地舞蹈，无声地呐喊。当她发现自己的声音这么小，有点吃惊。平时她说话都是细声细气，没有那种河东狮吼状态。相反，她越是严厉，声音则压得更低，这一点米书华有所体会，那种低声好像是从洞穴里发出，蕴含着神秘的可怕的力量。

她清了下嗓子，再次喊："有人吗？"音量有所提高，但她感觉依然是自言自语。她第一次发现，自己的声音，原来就是这么弱，穿透力根本不强。她不知道这是年龄的原因，还是自身的原因。客观上，这个屋子的隔音倒是可以，单位的自建房，自己人监工，总是真材实料的。以前这是引以为豪的，但现在成了障碍。邻居肯定是听不到了，除非有人在门外经过，还有一点可能，仅仅是可能而已。她想换一种方式喊，就是那种撕心裂肺的，耍泼的女人常有的。她想想，算了，斯文全无的那种喊声，自己是发不出的。她想，应该有更体面的求救方式。

一只蟑螂不知从哪个角落里冒出来，探头探脑出来，闻得一片寂静，竟大摇大摆在客厅里摆着触须。天哪，自己为了消灭蟑螂，费尽心机，清理卫生，厨房不留垃圾，用了蟑螂药、蟑螂贴，终于看不见一只蟑螂了。不想那只是一种表象，蟑螂像一个很懂心机的孩子，在自己有动静的时候，绝不出现。她突然一阵愤怒，这只蟑螂显然是把自己当成死人了。在突如其来的愤怒过去，她突然想，自己不能动弹，确实跟死人无异。蟑螂可能闻到她的味道，把她当成一块大腊肉了，用触须撩动她的脚部。范爱凤一辈子爱干净，要是平时早就一脚踩死，再用清洁剂来擦个干干净净。现在是一动也不能动，气力用不到脚上，或者说，自己的腰部以下，似乎不听使唤了。她愤怒起来，好像受到了冒犯。但愤怒是无用的，蟑螂不在乎你是不是房子的主人。

当蟑螂明目张胆地爬到腰部时，透过薄薄的衣衫，能感觉到蟑螂肆无忌惮的触动，她的愤怒达到极限了。她全身卧在地上，一只手条件反射地拍过去，蟑螂也在瞬间受到惊吓，差点"妈呀"一声叫出来，居然振翅高飞，飞到墙上跌跌撞撞落下来。

范桂凤猛然发觉，自己的手还能动，不但能动，而且还够灵活，那么有力。可以说，这只蟑螂诱发了自己身体的直觉。她把力气集中于上半身，特别是手臂上，把肘部作为支撑点，向前挪动。很显然，也许是地板过于光滑，也许是伸缩的力气不够，她感觉并无移动。那只蟑螂在不远处观察，触须一张一合，似乎在嘲讽人不如虫，也似乎炫耀自己的来去自如。

范桂凤长叹一声，嘴里不由自主地叹了一声："书华！"

春节时米书华谈起回乡的计划，其中有一个理由就是妈妈年纪大了，一个人住，不放心。话还没有说完，范桂凤就炸了，觉得自己受到了侮辱。第一，老米在世的时候，自己还能照顾老米，现在老米走了，自己照顾自己，只叫一个轻松。一天能走七八公里，有个头疼脑热自己懂得上医院，找熟悉的医生，医保报销门儿清。范桂凤说得明白，我就是不行了，也不需要你照顾，我就住养老院去，不给你们添麻烦。

米书华结合自己的经验，知道身体可没这么好伺候，病说来就来，自己几分钟没人施救，差点就挂了。他强调不怕一万只怕万一的道理。但范桂凤嫌他说话不好听，说，你想回来，不是照顾我，是害我。

不料，却被米书华说中了。

范桂凤现在不是后悔，而是不由自主地叫，那是无助中的感叹。感叹自己被一只蟑螂蔑视。蟑螂似乎在示威：这里没有主人，我可以为所欲为。

感叹之后，她又有了勇气。只要手能动，就会有办法。她尽量侧着身子，减少身体与地板的接触面，继续移动。她一辈子就靠着这口不服的气前进。以前她总是说只要有手有脚，有什么不可以的。现在她只有手了。穿着单衣的手臂，没什么肉了，像两根柴火棒。她想，有手也是可以的，自己还没失去自由。她心里在不断地呐喊：儿子，妈妈还行，这把老骨头还行！

可以说，这是一次被蟑螂引发的激情。这一波激情持续不久，就耗尽她的体力，毕竟又冷又饿，能量有限。她这一折腾，一阵疲惫袭来，又昏睡了过去。在进入梦乡的那一刻，她感觉到自己是一棵植物。是的，之前，她是屋子的主人，花花草草，都由她来庇护，现在，她却成为花草中的一员。疲惫让她有了这种幻觉。

一条幽静的路通过松林，幽暗，看不见什么光，树下铺满了咖啡色的松针。一个瘦弱的小女孩背着书包，提着一布袋的粮食在松林间警惕行进。风吹过，枯枝簌簌作响，小女孩越发害怕起来，加快了脚步。林中风声越发诡异，像有魔鬼随行其中。小孩子回头一看，一只花豹正在追逐，她尖叫起来，拼命狂奔……

那个女孩，就是范桂凤。

这个梦，她在年轻时，多次重复，现在又一次浮现脑海。

梦中的场景，是她到镇上读初中的情景。

那时候，她生活在一个叫暮里的海边乡村。

村子还比较大，有几个孩子在镇上读书，但女孩子只有一个。那个年代，可以上学的人少，女孩子就更是绝无仅有了。本来她是没有机会念的，还好她大哥在部队当兵，能接受比较新的观念，便支持妹妹去上学。在镇上念初小，寄宿，每一周回来一次。周末就回家砍柴，做家务，马不停蹄，周一便带着口粮去镇上。本来可以和几个男生一块走的，几个男生顽皮，晓得她穿过松林会害怕，便故意不跟她一起走。每次爬上漳湾岭，望见岭下一片黑暗的松林，她的头皮就一阵发麻。传说林子里曾经有过豹子，把路过的孩子掳走了。正因为要经过这片松林，是范桂凤上学最大的障碍，是一个经年的噩梦。她甚至问自己：可以不上学吗？但是内心的另一种恐惧涌起，压过路上的恐惧。

她知道，上学对于自己来说，就是逃离，逃离这片土地。这是大哥跟她说的，她记在了心上，后来便一心一意地上学，跟着男孩子们上学，被人嘲笑也不为所动。农村人嘛，总是叹气，女孩子上什么学，将来还不是嫁出去，上也白上。在农村人眼里，女孩子就是替别人家代存的一个物件。她父母也是这个意见，说上学这种事，女孩子不适合。但是范桂凤死活要去，除此之外，她什么条件都可以答应。父亲说，没想到这个丫头这么倔，还真不是咱们家出来的。她心里明白，别人不把自己当回事，自己更要把自己当回事。

　　她在恐惧中醒来。说是做了一个梦，其实她睡着的时间可能没有几分钟。在冰冷的地上很难真正睡着，睡着是因为过于疲惫。醒来后，被一只花豹子追逐的感觉依然在，在醒来时她发觉膝盖抽动了一下。是的，她这才发现，虽然腰部没有知觉，但是膝盖是可以发力的，自己原先找不到发力点。她感觉到膝盖与地面的接触点时，心里一阵狂喜。有手有脚，没什么事办不了。这是她的名言。她又有了力量，现在开始协调发力动作，用肘部和膝盖支撑身体，向前挪动。简单而言，像一艘旱船。她不晓得这艘旱船是否驱动，但是必须拼尽全力。

　　应该是动了，从距离上感觉不出来，但直

觉能感觉挪动了。膝盖和手肘疼，被地面顶的，疼就好，救命这些部件能用。她在心目中有了方向。这里离开卧床大概五米远，只要能到床边，能摸到手机，就得救了。

春节的时候，手有点抖。操作智能手机，经常力不从心，或者摁错了。被米书华强行带到医院，做了脑颅CT，没什么问题。医生诊断，应该是生理性的脑动脉硬化造成的，年龄增大不可避免，开了一点缓解的药。米书华给她换了一部老人机，接触没有那么敏感，接手机和打手机没问题。要不然，之前米书华老是能接到她的电话，她说打错了，也不知道是真的打错还是假的打错。原来也有用微信，后来微信也不能用了。米书华给她买了个平板，希望用于微信视频，她用不习惯，几乎也就没用微信了。范桂凤原来是不满的，自己身子骨这么硬朗，怎么用上老人机了，好像认为自己不是老人。米书华说，你没老，但是你手有病呀，什么时候手不抖了，你再用智能手机嘛。范桂凤说，行行行，我就走路锻炼，锻炼个半年，绝对没事。

手机突然响了，自动重复提示声音：
159xxxxxxxx 来电话了，159xxxxxxxx 来电话
了。

如果是手机上保存的号码，就会有名字，
比如儿子手机来了，就会叫"米书华来电话
了，米书华来电话了"。

现在这个号码，是陌生号码，她先是如救
星一样，屋里的寂静被打破了，好像有个人会
从天而降。可惜，这只是个想法。以往，她听
到手机的响声，总是微微一笑，好像来客人的
那种感觉，有时候特意多等一两声才接，享受
客人来临之前的喜悦。可惜，这个美妙的电话
铃声，似乎很有用，实际上一点儿用都没有。
她突然想起来了，这个号码是王老头的号码。
昨天小齐用老王的手机试拨，因此老王的手机
上存着她的号码。指定是他还是拨不通儿子的
电话，把范桂凤当成救命稻草，求助来了。如
果一切正常，范桂凤这时候应该去老头那里一
趟，第一是言出必行，要守信用，第二呢，老

头确实是可怜，应该帮他找公安问问，他儿子到底是死是活。

手机响了很久，最后那铃声语音似乎变成一种质问：范桂凤，你不守信用，你只是打发我而已。最后一遍之后，铃声终于消失，室内归于沉寂，是死一般的寂静。范桂凤可想而知王老头那边的失望与鄙夷。对老头而言，这实在是个雪上加霜的伤害。范桂凤因愧疚而生出一种力量，使得她忘记肘和膝关节的痛点，爬，像猿人一样爬，她感觉身子动了，清晰地移动了，这使得她一阵惊喜。这么大岁数的老人家，在腰部不能动弹的情况下，要靠四肢移动身子，需要力量，需要技巧，也需要运气。就在刚才这一瞬间，三者合一，现在她喘了几口气，琢磨着刚才的动作要领，继续用力。肘部和膝盖关节是钻心的疼痛，但已经顾不上了。地上是冰冷的瓷砖，年份已久，瓷砖上的纹路已经褪色，是常年擦拭磨损的结果。她经过一番如困兽一般的搏斗之后，惊喜地发现，自己的头部位置原来处于一块瓷砖的中间，现在已经处于瓷砖的边缘，也就是说，确切移动了。

她的心内好像透进了阳光，是的，像绝望的冰川里渗进了阳光。她恢复了勇气，像以往一样自信，像是给自己打气，喃喃道："王老头，你别着急，我不会食言的。"

为了克服疼痛与寒冷，她把注意力转移到王老头那里。将心比心，她能体会他的心思。人越老，越把孩子当成自己的救命稻草。况且，王老头的儿子不像自己的孩子有稳定的工作，他是社会人，老头都不晓得他在干什么，在哪里混，只晓得是在外地。能联系到一次，老头就会心安一次，是死是活，好歹有人管。这不，儿子失联了，他先是怪罪手机，范桂凤让他明白手机不背锅，他就把希望寄托在范桂凤身上。现在，可想而知，他有多么失望。如果他觉得这个她是敷衍他的，那该会多么绝望。她心里有愧疚，这辈子最欠不得人情，更何况，这样子有可能被王老头认为是个骗子。这令她心焦，也是一个动力。一定要爬出去，给王老头一个交代。

这一阵兴奋，一阵焦虑，把她仅有的能量似乎都耗尽了，是的，情绪是最需要能量的。而她现在最缺的，便是能量。照常来说，这时候吃过早餐，经过行走几公里，阳气生发，在路上买点菜，回来做中饭。现在她挪动一小步之后，再也没有力量撑起来了。无力也让她平静。以前自己是这个屋里的主宰，擦洗，搬动，每一件家具、物事都规规矩矩，晓得自己是主人，现在自己匍匐在地，难以动弹，仰看屋里每一样东西，门、吊灯、橱柜，这些物事反而是活的了，宛如天王，虎视眈眈。它们主宰着自己。这是她第一次感受到物与我的关系，并非一成不变，人可以孱弱到连静物都不如。

她闭上眼睛，身体完全放松，或者说，身体好像不是自己的。那瞬间，她梦见自己变成一个舞者，灵魂舞者，从肉体中逃脱，不再依靠肉身了，前所未有的轻松。像一只蝴蝶，穿山越水，春光明媚，降落在马坑村的兰溪上。那条溪流呀，对于她来说，有无限的回忆和眷恋。春水在大石间盘旋，哗哗见响，一年四季不停歇。春夏响声如雷，轰隆隆，秋冬细细和鸣，哗啦啦。那时候她不到二十岁，被分配在马坑小学。这是一个偏远的山区小学，就建在兰溪边上，由一个祠堂改建。她心中又有希望又有彷徨，她有了自己的事业，可以主宰自己的命运了，但是又在一个更为偏僻的乡村，不免心中忐忑。每日里她在溪边洗衣，听溪水的响声，看溪水远去，晓得其最终汇入大海，不免又有憧憬。有一天，她就是在这溪边，在大石头上，把头靠在老米的肩膀上。老米抱着她的头。她第一次觉得自己有了依靠，天哪，第一次的放松。放松了人生是多么惬意呀。她像一根紧绷的弦，绷了好多年，那时候的老米，还是小米，小米来自省城师范大学。他的很多同学都分配在省城、县城，因为他家里成分不好，被分配到偏远山村来了，也是一肚子郁闷。他们有同样的心事，他们在河边心灵交汇，目光还是注视着流水。马坑偏远是偏远，但也成为他们的庇护所。后来他们的结婚照，就是这样拥坐在溪边的照片，眺望远方，目光坚定，写着"憧憬未来"。

她又醒来。这次醒来，内心还带着一点甜蜜。她抬起头，能看见老米的遗照，头发白了，可是老帅老帅的。她突然笑了一下，心里念叨："老米，你是不是在笑话我，一个活人现在连蝼蚁都不如？我歇口气，我行的！"

这年轻的美梦，在日常的忙碌中都没有出现脑海了，像一朵花枯萎了。不知道为什么，在这最无助的时候，重回梦境，宛如老树开花。美好的回忆，也能带来能量，她觉得身上又有了力量。她发出了一声闷哼，像一只受困的螃蟹艰难地举起蟹爪。

四

天色暗下来了。她能感觉到自己的移动成果。从客厅靠近卫生间的一角爬了出来，大概爬了两块瓷砖，现在能看见客厅的阳台了。对，两块瓷砖，这是今天一天劳动的成果。阳台对面，电影院大楼的灯光已经亮了，能看见诱人的霓虹彩灯，也能隐隐听见歌声，那是人间的消息。

　　屋里头是阴暗的，沉寂得像不属于人间。现在的敌人是饥饿。当然，饥饿从一早就开始，如影随形，一阵强一阵弱，现在到了晚饭时间，饥饿像主力部队长驱直入，直捣肠胃。胃壁在长枪短棒的刺插之下，百味杂陈，说痛也可以是痛，但比痛更嘈杂。也可以说，像潮水涌来，上万只招潮蟹在撕咬。几年前，胃病都有发作，吃了一段胃得安。后来觉得胃不经饿，一饿就抽搐，医生建议随时吃点饼干，倒是有效。现在自己每日饮食相当准时，胃疼倒是没有怎么发作。而这一天，这个胃已经翻江倒海，破罐子破摔了。在这一天中，也许无助、愤怒等情绪压制着，忘记了饥饿。现在，是一种报复性的饥饿。虽然冷，但她能感觉到因为饥饿使汗水从额头沁出，虽然摸上去只是一层薄薄的湿意，虚脱的感觉呼之欲出。冰箱里有充足的食物，茶几上也有水果，她只能看一看，舔了舔嘴皮。不是，这一看就后悔了，胃里一阵欲吐的痉挛。

饥饿不是最可怕的，可怕的是饥饿带来的无力感。身体成了蛇蜕，空荡荡的，飘乎乎，比灵魂还轻。力量已蒸发，无法拖动身体。身体的骨折程度来说，自己是有信心一点点挪到手机边上。饥饿是个死循环，越饿越不能挪动，她在喃喃地问自己：会不会饿死？会不会饿死？

她记得大饥荒时，自己十几岁，回到村里，人是一批一批地走掉。连她一个女孩，都不得不去抬尸体。她见过饿死的人的惨状，连眼神都是飘忽的。有一个堂哥，大不了她几岁，饥饿难耐，把起火的房子里的烧焦的粮食吃下去，拉不出来，他的父亲用耳勺一点点地从屁眼抠出来。后来这个堂哥还是饿死了。她夜里做噩梦，堂哥来找她，说你怎么不会饿死，我怎么会饿死了。她吓得几夜不敢闭眼。她侥幸又后怕，晓得自己靠读书改变了命运，逃过饥饿的一劫。后来她在马坑，日子虽然不充裕，但图个简单的温饱没有问题，即便是在两个孩子出生后，省吃俭用。她觉得这辈子逃过饥饿，有了一口公粮，往后日子越来越好。退休后，还有工资，而且退休工资还随着年份涨，她感到无比的满足，常常在心里感恩政府，感恩新社会。那场关于饥饿的噩梦，似乎远远地追赶不上命运的步伐了。没有想到，在古稀之际，丰衣足食的年代还是不期而遇了。

命运赐予你的礼物，你可能容易忘记。但是命运要给你的惩罚，终究是躲不过的。

饥饿像绳索，束缚了身体。想要挣扎，绳子越勒越紧。她怕被这根绳子勒死。是的，饥饿加寒冷，是老人的死敌。她这一辈子，不是没有见过。

但是她再一次被自己的恐惧激怒了。现在是个丰衣足食的年代，怎么可能呢？自己只要努力，就可以爬到四五米的床头，可以拨打110，可以有一万种解救的方式。她突然想，自己教别人的，自己却没有记住，真是惭愧。不论是对学生，还是对米月华、米书华，她总是教训：不要被困难吓倒，吓倒了，你就起不来了。是的，现在自己正被困难唬住了，自己像个骗子？教别人向前，自己往后退。

屋里完全黑暗了。外面有灯光，使得屋里的物件还是清晰的。桌子、柜子、椅子、墙柜，都像有生命的巨兽，静静地呼吸，静静地凝视，静候她的反应，看着自己的主人能否逃出苦海。在这番宁静中，她也感觉到米书华在注视自己。为什么呢？因为自己对米书华说得最多的，就是那句话。米月华是大女儿，比较自觉，米书华受过宠爱，小时候曾一度很顽皮的，范桂凤恍然觉得自己太过宠爱了，于是硬生生把他从顽童教育成一个听话的孩子。米书华的教育成材，是自己一生的骄傲，也是自己毅力的体现。想到此处，她突然一阵振奋，饥饿像大潮冲过去，之后越来越弱了。她心里叫道：儿子，老妈会以身作则的，我能扛过去的！她感觉被自己的意志战胜了。现在不去想饥饿，当它不存在，它就不能冲击身体。

在从饥饿的浪潮中挣扎出来后，她握了握手，感觉还有力气。自己并没有被饥饿打成一个废人！她还有力气。她恢复成那个十分坚定的人了。这说明，她只是一时间迷路了。屋子里偶尔发出声响，可能是老家具在热胀冷缩下的动静。楼道里有时传来开门声，离自己近，也很远，这些都是希望的声音，平日里不经意的，现在极为宝贵，是的，每一声动静都有力量。

　　第二天，两人在路边吃了鼎边糊，便去林场找老郑。在山顶上，米书华俯瞰荒野，觉得统领这一片山河，真是一种别样的感觉。山川、树木，与自己的生命紧紧相连。相比较而言，自己作为一个软件工程师，似乎都是在编制虚幻的梦境，现在才是实实在在的事业。

　　但是老郑并没有那么好对付。少林向老郑介绍，米书华是北京来的大老板。老郑有一双浑浊的眼睛，似乎常年没有睡醒，不过见了米书华，眼睛顿时亮了，然后把原来谈好的价格提高了百分之五十。两个四十岁的中年人被老师傅的乱拳打懵了，连连质问为什么。老郑的道理很简单，他说一看就知道米书华是个有钱人，原来的价格肯定不行。米书华急了，摊开双手，你怎么就认定我是个有钱人，我全身上下哪一点像有钱人！确实，全身上下，他一件名牌都没有。老郑得意洋洋地说，有钱人才说自己没钱，没钱的人都说自己有钱，我也是有江湖经验的。米书华红着脸道，不管我有钱没钱，你也不能不讲信用呀。老郑稳稳道，我有信用，有钱人和没钱人的价格不一样，这就是信用。

郝少林没想到老郑有这一套，也不满，说老郑你要这样就没意思了，那半年来，我跟你是白谈了吗？老郑说，小郝，现在真老板来了，就没有你说话的地儿了，我跟你有什么好谈，你只是麻雀，你的作用就是迎来凤凰。

两个人毕竟气盛，经老郑这么一搅，气呼呼走了。老郑也不示弱，说你不买有人买，我是不会让步的，对北京来的老板，绝对不会让步。

米书华可以说是迎面泼了一瓢冷水。更准

确地说，他的内心受到了撞击。这个江湖的套路，简直刷了他的三观，他可能还是适应那个朝九晚五的世界。虽然疲惫，但是有道理可讲。米书华这个时候，就想起了妈妈。以往自己受挫，总是想到妈妈。妈妈也算是见多识广，对付各种各样的人，总是一个稳字当头，总有办法。比如在北京买房子，碰到了一些问题，跟妈妈商量。过了一夜，妈妈居然找到了一个早年的学生，现在在北京当领导，问题迎刃而解。米书华那一刻真的对妈妈佩服得五体投地。

　　米书华有一种冲动，想立即回家见妈妈。对付这种狠人，一向是妈妈的长项。在回家的路上，米书华说了这个想法。郝少林吓了一跳，说米书华你当你是三岁孩子，在外面受欺负就找妈妈哭鼻子去。米书华道，别说得那么难听，我只想让我妈给个主意。郝少林把头摇得像风车，苦笑反问，你是不是被老郑气傻了，问你妈什么结果你不知道吗？走走，咱们还是喝酒去。

　　在郝少林看来，米书华现在已经乱了阵脚，

喝喝酒能稳住。米书华气咻咻道，还喝什么酒，以后我也不想在这种江湖里混，酒量搞起来也没用。郝少林道，我本来是想喝喝酒让你脑子清醒一下，你现在睁开眼睛看着我，我告诉你，你妈只会把你臭骂一顿，让你滚回北京，继续朝九晚五的生活。你的梦想，你的勇气，你的自由，你的人生，全他妈的完蛋！米书华闭上眼睛，沉吟片刻道，完蛋了我也要跟我妈说，这样子躲着她，我老觉得不对劲。

天微微亮的时候，范桂凤被一阵鸡鸣声惊醒。城市里是绝少听到鸡鸣的。本地女人坐月子，时兴吃公鸡，有些公鸡被从乡下带来，暂养一两天，公鸡不晓得前途岌岌可危，依然高唱。谢谢你，雄鸡。范桂凤也振奋起来，公鸡似乎成为同道。是的，那只垂死高唱的鸡，与这里的一个挣扎的老人，在这一瞬间得到共鸣。范桂凤给自己喊了声，加油！她臆想声音也像鸡鸣一样清亮，事实上，就是木棒打在棉花上，根本发不出声音。嗓子又干又疼，想说话，就跟一串辣椒在摩擦。她知道自己已经受了风寒了，鼻子堵住了，嗓子发炎了，发炎使得身体发冷、乏力。本来对抗饥饿、寒冷，就够喝一壶的，但是现在还来个伤寒，是的，都来欺负这把老骨头了，都来要她的命了。她鼻子一声猛哼，不可能，就这点麻烦，就在自己的地盘上，这把老骨头没这么屈服。现在天有点亮了，度过了漫漫长夜，身体越来越虚弱，她需要想一些事情能增加能量，说白了，是增加意志。她明白，现在要靠意志坚持到底，如果自己妥协了，一切就该结束了。她又开始了挣扎。膝盖的摩擦带来的疼痛倒是个好东西，恢复了身体的直觉。好在现在，她知道用什么方法挪动更有效果。她已经不去判断有没有移动，反正就是努力。她明白，现在的努力，也是抢时间，饥饿、寒冷、发炎，三座大山，消耗的是她的体力，时间越长，最后将会无法动弹。

　　如果有个命运之神，现在正在扼住她的喉咙，现在她要做的，就是嗤之以鼻。年轻时，她在偏远的马坑学校，屡次对学生教说，你们的命运掌握在自己手上，只有努力，才有未来。学生年纪小，大多会觉得这是个大道理，当耳边风。但是有少数两三个学生听进去了，后来这些学生来回访老师，说当年老师的一句话，指引了自己改变命运。范桂凤当时眼泪都出来了，觉得自己的人生观改变了学生的命运，学为人师，行为世范，交给学生知识，那是工作，教给学生意志，这是职业生涯中最为骄傲的地方。现在她心里就在对抗命运：你是诅咒不了我的，我今天就能爬到卧室，我这把老骨头，能够自救！

　　大概八九点的时候，手机响起来了："书华来电话啦，书华来电话啦……"范桂凤伏在地上的头抬了起来，她几乎脱口而出："儿子，我在呢！"虽然听不到声音，但她能感到自己的心都要挑出来了。铃声响了很长，她听完，眼泪已经出来了。儿子打不通电话，肯定会想办法的。她全身都被激活了。她心里突然道："儿子，我行的，我从来没有在命运面前低过头，我活了一辈子，什么事没见过，你放心吧。"

　　米书华两岁的时候，有一回发高烧，夜里，突然间就口吐白沫，牙关紧咬，昏迷过去。老米又刚好不在家，她慌了，怕孩子咬掉舌头，让自己的手指夹在孩子的嘴里，抱着孩子，深一脚浅一脚往乡医院赶。那是她最无助的时候，她记得自己哭了起来，当时还年轻，没有见过孩子这样的，怕孩子有个三长两短。那一刻的恐惧，前所未有，铭记一生。从学校到乡医院，两公里的夜路，她不停地跑，记得跑不动了，就当自己是一个机器，机械地迈着双腿。她发觉人的潜力是无限的。还好，那次的经历留下的，只是后怕。医生在处理之后，也只是告知，回去观察孩子的动静，看看智力有没有问题，因为目前不能判断脑子有没有烧坏。她每天祈祷，宁可有什么灾祸降临自己身上，也别孩子有什么缺陷。后来米书华一天天长大，聪明好动，她的心才一天天放宽。只要孩子安好，什么苦她都能受得。那次孩子好了之后，她对生活突然无比满足，什么困难什么烦恼都都不在话下。比如说，两口子调动事件一直未有进展，这是最大的心结，但是她看见两个孩子健健康康，转瞬间又觉得对生活不必再有奢求。

那次发烧事件之后，她觉得自己成为一个强大而合格的母亲。想到自己是一个母亲，她浑身充满勇气。作为一个教师，她是合格的，而作为一个母亲，她是骄傲的。她意识到自己是这个家中的主宰，自己的意识，影响整个家庭，这么多年来，她一刻没有放松过。尽管两个孩子已经成为父母了，到了年富力强的人生阶段，她也没有觉得孩子可以独立了。她依然觉得自己是万能的。当她是一个母亲的时候，就没有柔弱过，动摇过，家里每临大事，她第一个念头，就是稳住。女人比男人更有韧性，更有耐心，更有抗击打能力，这是她半辈子就总结出来的。年轻时候，老米一感冒，就把自己埋进被窝，像是得了什么大病。范桂凤呢，感冒了，照样洗衣做饭，该干的一样不落，而且不吃药，就喝开水，涂点风油精，过几天就好转。她一直揶揄老米：你生个小病跟个大小姐似的。老米也不得不佩服，说，我就说你身上有点特异功能。范桂凤倒是不谦虚，回道，女人当了妈，身上就是铁打的了。

她想起这事，就觉得可能是老天给了她健康的儿女，而现在要她付出一点代价，这个交易值当，把痛苦的考验放在自己身上，这很值得。这是她一直期待的。她甚至微笑起来，心里道："孩子，我不会麻烦你，也不会让你担惊受怕，我今天就能爬到床上，我自个儿拨打 110 就能解决问题。我说过不麻烦你，我行的。"

她自信起来。她可不想让米书华千里迢迢跑回来。要不，她那句"我这把老骨头还行"，岂不是打自己的嘴巴。

现在她已经靠近卧室的门口了。就像一次长征，已经走了一半，只剩下另一半。再移动半米，她就可以用手抓住门框，也许可以直接把自己拖进去。自救成功的话，她会不让米书华知道，即便住院了，请一个护工就可以。因为米书华要是知道了，就更有理由回乡创业了。

她宁可自己住养老院，也不能让孩子回来。她想了很多，这样可以忘记疼痛。

五

从山上下来，郝少林把米书华带到一中后面的南漈山。这是一个想开发但未遂的小景区，现在变成城市公园。中学的时候，郝少林偷了一截狗肉，来到南漈山岩石上烧烤，香喷喷地带回教室，给米书华"行贿"，当然希望考试时能够得到关照。米书华咽了咽口水，严词拒绝，理由是，第一他妈不允许他干偷鸡摸狗的事，第二，他妈说吃狗肉上火，影响发育。郝少林说，书华，你不是你妈的儿子，你好像是你妈手里的一个风筝。

漫步上山，两人聊了聊年少的一些往事，与这座城市的情感在渐渐复苏。在一块巨大的岩石上，两个人并肩站着，做伟人状，俯瞰这座日新月异的城市，郝少林音色低沉，遥指前方道，书华，像你这样的成功人士，有一样品质不能丢，就是热爱家乡，建设家乡。米书华道，我是想爱呀，可是家乡不爱我。你看，老郑就这么对付我的，爱得起来吗。

郝少林拍了拍米书华肩膀，道："家乡哪有那么好热爱。你晓得我们那个同学李根，去年回来，看见家乡工业污染现状，发了几篇微博，然后就被宣传部门弄进黑名单，各种麻烦。所以爱家乡是一件苦差事，真正热爱的人是不会妥协的。你这个，都不算小菜一碟。"

米书华脸皮薄，被说得都有点不好意思，道："老郑这个，也太不讲究了，没法弄。"郝少林道："咱们现在先不谈老郑，你先来感受下环境。小地方不比大城市，不讲规矩的人很多，九流三教，都要接触一下，这里有这里的套路。你要是遇见这么一小道坎，就打退堂鼓，那我可就高估你了。"

经过郝少林这么绕着弯子一敲打，米书华冷静下来。郝少林再次强调，老郑这只是给米书华一个下马威。晾他两天，他就没那么硬气了，到时候有得谈！所以这件事只有一个办法，不要急。

　　米书华想了想，也有道理，只不过自己水土不服，呛了一口水，他说，不管怎么样，我现在要把这件事跟我妈坦白了，没有我妈的指导，我觉得很难搞下去。

　　郝少林脸色一沉，丧气道，说了半天，这不是白说了，只要你妈一知道这事，准得黄。我晓得你们的关系，你不论多大，你就是她羽翼之下的一只小鸡仔。我跟你说这么多，就是要你独立起来，像个真正的男人。

　　米书华道："原来我也是你这种想法，现在我改变想法了，我总觉得，不告诉我妈，一个人偷偷摸摸这么干，压力太大，总是觉得对不住她。"

　　"要不然，等过几天我们谈成了，再告诉她。"

　　"可是，我现在就觉得很难受，觉得瞒着我妈就是犯罪。"

　　"你这心，真是藏不住事。要不，我就带你在周边玩两天，也好让老郑冷静冷静，也让你适应适应。"

　　过了一夜，米书华觉得心里跟被猫爪抓似的，总之就是各种不舒服。次日，他被一股莫名的烦躁笼罩着，心跳加速，不由自主拨打了范桂凤的手机。郝少林时刻看守着，看到米书华拨打手机，觉得不对劲，忙问拨给谁。米书华把手机放在耳边，斩钉截铁道："给我妈打，我必须摊牌了。"郝少林无奈地摇了摇头，显然对米书华失望之极。

　　铃声响了许久，对方没有应答，手机自动断了。米书华皱起眉头，自言自语道："会不会出什么事了。"郝少林正在手机上玩游戏，玩得入迷，对米书华的疑惑，只是微微一笑，含着幸灾乐祸。米书华道："我妈会不会出什么事了。"郝少林道："那你赶紧回家呗，反正也做不成事了，省得诚惶诚恐。"米书华道："少林你别幸灾乐祸，你帮我参谋参谋。"郝少林道："参谋什么呀，你现在跟鬼上身似的，神经兮兮，我就没见过你这怂样。"米书华道："我真的有一种不祥之感，你说我妈不接我手机，到底是怎么回事吗？"

"老人家的手机时时刻刻也不会放在身上，或者手机有点毛病，没接一个很正常吧，你以前应该有过这种情况了。"

米书华一拍脑袋，道："对了对了，她前天打电话告诉我，手机来电响不了，问我怎么回事，我让她去找维修店，估计是问题没解决。"

"这不就结了吗。米书华呀，你这心，可一点都兜不住事，这要做事，太难了。"

"你别对我失望，这种情况只是针对我妈。"

"米书华，我告诉你，你也该长大，独立思考了，要不然咱们就快点散伙，省得互相耽误。"

被郝少林这么恨铁不成钢的一点拨，米书华方才烦闷的感觉顿时消散。想想自己，方才跟中了魔障一样，真的不可思议。冷静想一想，自己终归是要走自己的路，总不能一辈子都仰仗妈妈。郝少林晓得米书华回心转意，趁热打铁道："你要是不想把这事搞黄，我有个主意。咱们就放下心，去玩一两天。我那边放出风声，说北京的老板回去了，不谈了，看老郑的底细如何。"

既然说到这份上，米书华就依计行事，不再多生烦恼。次日便去洋中等地游览惜母亭的风景。但是终究不见妈妈回电话，心中终究不安。又怕被妈妈晓得此事，自己完不成计划，游玩得并不尽兴，只想等待老郑那边的口风。

范桂凤摸到卧室门框的时候，像摸到一根救命稻草。她想攀着门框，向前滑动，这样会省事很多。事实上，这只是想当然，她的手力气并没有这么大，不足以把整个身子拖动。在饿了两天之后，她发觉自己像个空心人。人是铁，饭是钢，这话没骗人。不着急，她沉住气，给自己鼓劲。能抓住门框，比抓不住要好很多了，到哪你想一劳永逸，就会得到更多失望。对于生活，不能奢求，要慢慢来，慢慢儿等待，不知不觉，想要的就会来了。这种体会，

在她一生中已经似曾相识。就说老米吧，因为
家庭成分，几次调动不到城里，感觉怀才不
遇，产生了绝望情绪，都有自暴自弃的想法，
每日跟老农民喝地瓜烧，说着颓废的话，就一
辈子栽在山沟里了。那时候范桂凤心里也着
急，但是并不表现出来。她知道，男人性子急，
更容易自暴自弃，自己作为一家女主，有韧性，
保持希望，这个希望就是全家的希望。她总是
漫不经心对老米说：三起三落过一生，还早着
呢。老米说，成分不好，这是一辈子的事情，
帽子摘不掉，我算是认栽了，你也别瞎乐观。
范桂凤说，老米，我不同意，生活都在变化。
你要多出去走走，跟同学多联络，打听消息，
机会总是给有准备的人的。在范桂凤的鼓励
和敲打之下，老米多次走动，后来终于碰上政
策转向，一切如范桂凤预料。老米这一辈子对
范桂凤都佩服，服气她未卜先知。范桂凤笑眯
眯道，哪有什么未卜先知，只不过女人更能扛
而已。

　　她不给自己过多希望，但是必须有希望。

这是她的生活准则。并且她认为，如果生活给你一份突如其来的大礼，那一定不是真实的，至少，是有代价的。

她平静下来，心里在喊，我已经抓住门框了，离胜利更近一步了。加油。这两天，她学会自言自语，自己给自己说话，一方面，也许是太孤独了，另一方面，可能是自己的肉身与灵魂的对话。是呀，肉身跟不上灵魂，成了两样东西，她必须协调好。她还是按照原来的姿势，利用膝盖的阻力，再记上手上的拉力，行，协调好，似乎比原来要胜利一些。实际情况是，每一个努力，并非都能移动，只有在力量用得合适的时候，才能移动几厘米。

这一天，你说过得快，也是快，过得慢，那就是度日如年。她累了，就睡一下，睡不着多久，就醒来，再继续努力，像一只受伤的蜗牛。确实，当她努力的时候，时间确实过得挺快的，她什么都不想，等摸到床脚，已经是下午时分。如果在天黑之前，把手机弄到手，一切都可以解决，甚至，可以瞒着米书华，让他安心工作。

当她摸到床沿，却发现一个原来不曾预料的情况。她根本就撑不起来，爬到床上去摸到手机。床是一米五的大床，木质的，有二三十年了，两口子都睡出感情来了，舍不得丢。当年木匠做的床架，比普通的席梦思要高出一丢丢。范桂凤不习惯睡软床，睡一晚第二天就腰酸背痛，她的床垫很硬，上面只铺了一张蓝白相间的床单。手机放在床头充电，在靠墙的一面，离外床沿至少有一米二三，别说拿到，就是看都没法看。自己原来的构想，是到了床沿，沿着床沿攀上去，手一伸，就摸到手机，从地狱到人间。现在看来，这一步之遥，确实是地狱与人间的鸿沟。

她努力了几次，发觉是徒劳。是的，人生中有的努力根本是不起作用的，譬如蚍蜉撼树。凭着经验，她知道自己的后背的骨头出现了问题，身体已经不是有机整体，能挪动已是万幸，协调攀爬是绝对不可能的。一得出这个结论，她的胸口就像遭了一大锤，一阵心慌，浑身仅有的力量遁去，身体成为一段枯木。是的，绝望的打击，远胜于一般肉体的打击。在似乎眩晕了十来秒之后，范桂凤定了定神，对用嘶哑的嗓子自己喊道，别慌，得想办法。

是的，想办法，这也是她教育米书华的一个重要内容。范桂凤总是说，人之所以为人，是因为他能使用工具，找到更多的办法解决问题。不存在没有办法，只有你想不出办法，才会把自己堵死。米书华相信这个道理，但是作为一个知识分子，软件工程师，他对于社会上的难题，办法实在不多，不得不求救于范桂凤。但是范桂凤呢，一方面出于母爱，一方面出于争强好胜，就爱帮儿子出头找法子。完了之后，就会对米书华说，下次可要自己想办法了，要不然你永远不适应社会。但是下次，米书华碰到难题，她还是会抢先出头。这就是一个母亲的教育循环。

不服输的精神，使得她从绝望中振作起来。这是她的思维习惯。这个家庭，要不是她的这种不服输精神，不甘人下的精神，不会这么完美，儿女们不会取得这么优秀的成绩。她把身上的能量带给了子女，希望他们闯出一番自己的世界。

她盯着床上，看不见床铺，但她知道手机在哪个位置平静地躺着。这短短的距离，平时叫触手可及，现在叫咫尺之遥。一定有办法拿到的，她想，这个房间里都是自己熟悉的物件，都为自己所用，一定可以拿到的。她把手掌握成拳头，给自己打气，她不会屈服这一点点的距离的。

如果能把床翻个儿，手机倒是能滑下来。冒出这个想法，她自己都笑了，这时候还能异想天开呀。是呀，此时开一开自己的玩笑，不失为一种优雅的人生。她脑子里放松下来，渐渐有了一个想法。现在她在床沿下，伸手够得着床单。她拉了拉床单的一角，似乎能扯得动，她看到了希望。如果把整个床单扯下来，看看能发生什么。她不去想结果，结果很难预料，她只知道会有希望，这才是动力。

床单上压着被子，枕头，当然，还有手机，

是一定的分量。把床单拉直，分量就吃上了，任她怎么努力，就是拉不动。毕竟，到了手上出不了劲的年龄了。小时候她能参与砍柴种地，结婚成为家里一把手，忙里忙外，手上劲道比一般女人都大，提什么东西蹭蹭蹭就上楼了。七十岁以后，稍重的东西不能提上楼了，她在阳台装置了一个吊篮，可以拉上去。

她伸出嘴巴，咬住了被单，往边上扯。脖子比手臂粗是有道理的，这个劲儿大，虽然不灵活，但好歹能一点一点地扯下来。扯过来一点，再咬，再扯一点。她觉得自己很像一只狗。对，狗就是这样，什么都用嘴。像极了。她松了一口，喘着气，突然觉得惭愧。这种想法太卑贱了，即便这个动作像狗，也不能这样认为。她心里在说，我不是狗，便是死了也不是狗。她脑子里又换了一种想象，她认为自己是在钓鱼，嘴和手协作，在钓一条大鱼。对，自己是一个口渴的渔夫，这种想法让她心安，保持了一个教师的风度。

进展也颇为坎坷。她的牙齿咬紧发力，脖

子一扭，把床单扯过来一点，仅仅是一点，脑子里就一阵眩晕。必须闭上眼睛，定神，脑子又清醒一些，有一种死里逃生的感觉。一生的经验在告诉她，耐心，是完成的前提。就像她告知学生，每天能进步一点点，甚至看不到一点点，只要没有退步，你就在前进，就在修行，任何蜕变都是一点点积累而成。现在这种耐心支撑着她，她已经在房间里了，总是比客厅要更亲近一些。自己的一生，还未像这样，用牙齿代替手，用脖子代替手臂，干这种别出心裁的活儿。

她的额头已经发热，忽冷忽热，有一点好处，倒是忘掉了气温的寒冷。发烧只会令她迷糊，不过她似乎已经适应，心想发烧也不过如此，这病搞不倒我。饥饿的感觉也淡了，不想就不会有。现在她对冷和饿，抱着蔑视的态度，是的，只要有一口气，这些都不足以为敌人。

因为力量不够，每一次总要蓄积良久，才有下一次的力气来拖动，这项工作变得漫长。天黑下来，她像一只春蚕，在蚕食巨大的黑暗。

一生中，这样的长夜，她已经蚕食多次。人到老了，老的优势，就是什么阵仗都见过，任何难题都是在重复演练。

　　天亮的时候，脑海中一切都安静了。

　　整件床单被扯下来了，被子也连着被拖下一半，都垂到床沿了，但是手机并没有下来，它牢牢地被充电器定住，至多移动了一些，她看不到手机。在床单滑落的一刹那，她的心凉了。脑袋上似乎有重物从天而降，脑门上一阵冰冷，鼻子里有消毒水一样的味道。那是死亡的气息。

　　老天，你还是不放过我。她鼻子一酸，眼泪就下来了。身体缺水，泪不多，但她已经感觉涕泪交流。在心底埋藏多少年，没有告知任何人的恐惧，像病毒泄露，侵入全身的神经。就是这样，有的人坚强了一辈子，就是被小情绪击倒，但这种小情绪并非没有来源。她现在狼狈而疯狂的样子，已经没有了一个教师，一个母亲的仪态了。卧室里的衣柜有一个镜子，她稍微转头就能看到自己，不忍目睹。

在她八岁那一年，确切地说，那时候她已经很懂事了。割猪草，拾柴火，到溪里洗衣，衣服被水漂走，能奋不顾身捞回来，完全是个小大人。八岁，虽然懂事，但还没有忧愁，日子不算幸福，但是能过得安心。那天洗完衣服，同一院子的老奶奶凹着腮帮子叹道，现在能洗衣服了，幸亏当初没溺了。范桂凤心思敏捷，当时就愣住了，追问了一句，老奶奶呵呵乐了，方才把她的来处说出来。

老奶奶说，孩子，你根本就不是范家的，你爹好心，把你从寿宁捡回来了。原来，那时候还没解放，寿宁是个封建的地方，有溺婴的传统。当时那里的一户人家，因为第一胎是个女婴，便想溺了，恰巧他父亲挑海蛎干路过，不落忍，说："我们家没有女孩，就让我抱下去得了。"这才没有扔在水里，被父亲放在竹筐里带回来。八岁的范桂凤得知消息，吓得脸色煞白，半天说不出话，连天做了噩梦。渐渐地，闲言碎语也能听出来。及至懂事，那种劫后余生的后怕却落在心里。恐惧蔓延在乡村，她觉得乡村是个极为危险的地方，只有两个字深深落在她的脑海里：逃离！

　　这件心结，她连老米也没有提过。一是过于残忍，想起来就心惊胆战，更是难以出口，二是她不想对任何人说出自己的出身，她是一个连生存机会都没有的婴儿，极其偶然下捡了条命，她自己都不愿意相信。

　　多年之后，她有意无意地将自己的出处淡忘。甚至自己编出了一些故事，讲给米月华、米书华姐弟：说外婆当初怀自己的时候，梦见云头有一个神仙，给自己家抱了一个婴儿，外婆觉得非同凡响，后来才送她去读书。

　　现在，她的精力已经耗尽，身体是一动也不想动了，甚至，都懒得把床单抱在自己身上。她在出生时逃过的那一劫，现在找回来了，命运从来就不曾放手。她的灵魂已经从躯壳中升起来，她自己能感受到，因为身体已经无知无觉。她飘在空中，是一缕轻烟一样的意识，清晰得很。她的灵魂充满愤怒，对死神紧揪住

不放的愤怒。她已经从乡村逃到城市，从愚昧
逃向文明，她一贯意识到，越是文明，生存的
机会越大。甚至，她把子女，从小城市赶向大
城市，也是这种恐惧的延伸。她活了这么大岁
数了，以为脱离了这个梦魇，但是梦魇在此爆
发。两三天的努力，自己做了一个人所能做的
极限，还是自己的躯壳，像一只死去的虫子瘫
在地上，没有尊严。与之对应，倒是房间里的
物件，都有威严，可怜兮兮地俯视着躯壳。她
的灵魂终于愤怒了，在空中大骂，你这好无礼
的衣柜，像只长颈鹿，你对主人居然没有一丝
同情。这个衣橱是房间刚搬进来的时候做的，
老米找了当地最好的木匠，用了当地的杉木制
作，打开衣柜，常年有木头的芳香。二十多年
来，她舍不得扔掉，当成自己人生的一部分。
她呵斥这只忘恩负义的长颈鹿。还有这张大床，
像一头大象，多少年来与自己相依相偎，如今
似乎把自己踩在脚下。头顶的大灯，更像瞪着
的大眼睛，注视主人而不为所动。她破口大
骂，像个泼妇，像极了十几岁的样子。那些老

妇女在村口对她说，女孩儿念什么书，将来还不是为别人家生孩子。范桂凤当时特别害怕嚼舌头能影响到父母，影响自己的求学之路，便对着她们破口大骂，什么难听的话都骂出来。老妇人道，读了书还这么蛮，还不如不读书呢！她的野性暴露无遗。一同去镇上上学的男同学故意吓唬她，一是大抵是顽皮的年纪，二是觉得她是一个女孩子，去上学不合理，经常把惹哭她当成乐趣。她在一次次的担惊受怕中强大起来，后来跟一个男同学打起来，把对方抓得脸上脖子上全是血痕。那帮男同学晓得她的蛮横，后来才渐渐视之平等，不再欺负。后来，她当了老师，从此以后，才可以过温文尔雅的生活。

是的，她的灵魂，现在直接回到那桀骜不驯的年代，是一个十几岁的挣扎求生的女孩。她诅咒着不公平的宿命，她甚至诅咒这个屋子，于自己相依为命的屋子，突然翻脸，变成了牢笼。在灵魂升天之前，她必须把翻脸的一切都诅咒一遍，省得到了那边，做一个怨鬼。她把自己隐藏了很多年的脏话,一股脑吐出来。真爽呀,真解气呀。一辈子为人师表,现在可以不用端着了。她这才知道,为了成为一个合格的老师、优雅的母亲,自己隐忍了很多年,那个十几岁的乡村女孩的蛮劲,一股脑收敛了。而这,可能才是自己生命的原力。当初没有那股蛮劲,怎么能冲出乡村的重重枷锁。

当然,这股蛮劲儿,后来也爆发过一次。老米在农业局当副局长的时候,老是被局长穿小鞋,有一次,米月华结婚,在上海摆酒,老米想请个假,局长想为难,就是不同意。老米是个讲原则、爱工作的人,相当为难。范桂凤想了想老米在单位里憋屈的这么些年,气不过,直接冲到局长的办公室,劈头盖脸地一顿质问,问他有没有为了工作家庭什么都不要了?为他工作需不需要有人性?最后跟局长说,我肯定要带着老米去上海的,你要是给老米穿小鞋,我会一直跟你扛下去,我就不信官大一级压死人!局长被问懵了。老米也没想到范桂凤还有这一套,连叹,你这个魄力,倒是惊到我了。

她最后诅咒的是手机。她一直把手机当成手的延伸，对独居生活充满了自信。她也庆幸这个时代，科技日新月异，她可以享受其成果。足不出户，就可以在视频中看到千里之外的儿女，跟见面聊天没什么区别。但是，现在被自己最信任的手机给坑了，它毕竟不是长在自己身上。好了，科技是一个温柔的陷阱，一个八面玲珑的骗子，等你全心全意依赖它的时候，她给你一个致命的反杀。

该诅咒的一切，诅咒完了，愤怒也消散。同时愤怒也是一种能量，当能量从灵魂中逸去，灵魂也更加稀薄，连一缕轻烟都不是，就要从窗户缝中逸去，许是直接进入天堂了。是的，死亡很轻，就像出生从无到有一样，从有到无，也只是眨一下眼皮的工夫。这么说来，人这一辈子，也就是一场梦了。她的灵魂在发出最后的感叹，对世间一切的不可控制。

床上的手机再一次响起："米月华来电话了，米月华来电话了……"

她那轻薄的灵魂，已经了无牵挂，听到了

手机声不禁叫唤："女儿！"是的，灵魂如一片云絮，被电话声吸引，从窗外飘了回来。云絮越来越重，成为一朵积雨云，最后"啪"的一声跌落在躯壳上。她睁开眼睛，手机还在叫唤。她意识到出窍的灵魂回来了。这次的虚脱是危险的。继而她专注地听手机铃声，是的，铃声里有一种力量，那是母女间一种感应，像接通了电，躯壳又开始运转。简而言之，活过来了。

生命是什么呢？这么偶然，方才要是没有铃声，一阵休克，没醒过来，就生死两茫茫了。她突然想起，自己活着这么多年，身边的亲朋好友，生死离别的也多了，有的是突然就走，有的是恋恋不舍，也有的一场大病，以为走了，结果又活下来。说白了，生命就是一次次的考验，你顶不住，老天就收了，你顶得住，那口气在，依然是活蹦乱跳的一个人。每一次的考验，你必须竭尽全力去拦住，也可以说，是死神跟你的一次拔河。这时候，死神考验的是人的意志，死神认为，意志不行的人，没有资格活着。是的，这是一次较量。对，较量。儿子，你是让我跟死神较量，不要轻易服输，是不是！对，原来我是这样教你的，现在轮到你这样教我了。对，儿子，我不会轻易服输。她咬了一口自己的手指，疼，确定自己还活着。我得扛住！她对自己无声喊道。

六

头天，米书华去了贝九公路看了一些景点。这是一条群山之间的路，原来极为难走，经过当地政府几年的努力，全线贯通，山区一线豁然开朗。沿途山村、寺庙，成为观光之处。这一遭下来，使得米书华对家乡有一个全新的认识，真的是发展极大。郝少林道："现在我们这个地方，已经不是落后地区了。这些都算小意思，靠海那一面的发展，会让你大开眼界的，你回来，正是大好的机会。"这一遭下来，相当疲惫，晚上洗漱完沉沉睡去。次日，郝少林带他走沿海一线，原来的临近滩涂，被吹沙填海，新的工业城正在崛起，沧海桑田，目不暇接。一切都在改造，大地、海洋、山岗、人群。郝少林道："现在所有的东西都值钱了，特别是土地，不论是海地还是山地，咱们不盘一块下来，以后就没这机会了。"米书华确实被说心动了。出了山路，是工业区，往宁屏路走，一下子由海景又到了丘陵公路，两边林木苍翠，很是养眼。米书华很有感觉，道："我住在北京，总是有一点遗憾，但又不知道是什么，现在想清楚了，是看不到这山水的绿。一时见不到没什么，但是经年累月看不到，对于南方长大的我来说，内心总是有一丝缺憾的。"郝少林道："这不就找对症结了吗！仁者乐山，智者乐水，不仁不智者只热爱开大会。"米书华在车里寻思片刻，道："其实不仅仅于此，还有一点，就是我从毕业后就忙于工作，心里一直想有空的时候，陪父母轻松走走，可是工作呢，一直没到头，父亲突然就走了，回头想想一辈子还没轻轻松松聊过几句呢。那时候我就开始质疑这忙忙碌碌的生活。"郝少林道："这是你的自我在觉醒，这是好事。"

两人经过洪口水库，停车欣赏湖光山色。郝少林介绍，在水库蓄水之前，上面的村庄叫古瀛洲，房屋沿着溪岸而建，为吊脚楼，流域有十八景，风光可与九寨沟媲美，可惜建了水库，景致湮没。郝少林为米书华没有来过表示遗憾。米书华说，我读书那会儿，被我妈管得死死的，哪有空闲来游山玩水的。

正说着，米月华来电，她说给妈妈打了手机，没人接，搁弟弟这儿来打听情况了。米书华说，我昨儿打了也没接，不过之前最后一次通话，妈妈说手机来电没有声音，叫她去修，可能也没修好。女人的直觉还是更敏锐些，米月华说，手机没修好？会不会出什么事了？

米书华见姐姐着急，只好告知，就是已经到了老家，不必担惊，一切可控。米书华怕消息泄露，索性把自己瞒着母亲决定回乡创业的决定告知姐姐。米月华在公司是做行政管理的，多年的经验，自有一套为人处世的准则。对于弟弟的"叛逆"，她的回答是："对你的行为，我不反对也不支持，但是只有一点，这个事情让妈妈接受的过程，必须是个循序渐进的过程，你别把她弄急了，血压上来，那会出大事的。"米书华答应了，趁机向姐姐求助，道："姐，我的事要是谈成了，能不能请你先给妈妈打打敲边鼓，这样我有点底。"米月华道："这事对她来说关系重大，由我来先开口，她还以为我们姐弟俩合伙对付她，或许气更不顺，咱们回头合计合计再说。"

米月华倒也没什么事。就是前两天和妈妈通了电话，气不太顺，今天开会完了，总觉得心里堵，跟妈妈聊聊，通畅通畅。老人家，闲着没事，爱张罗，从某个角度来说，也算是一种消遣。但是呢，张罗的事八成不靠谱，哪晓得年轻人的世界，反而落一个多事。她想跟妈妈撒个谎，比如说同学的女儿已经有对象了，让她死了这个心。

姐弟俩没多聊，就匆匆挂了电话，米月华要准备出差了。她的工作，不是在开会，就是在出差。

挂了手机，米书华一筹莫展，好几桩烦心事都涌上心头，简直没有了游玩的兴致。甚至，他想马上去见妈妈，跟妈妈摊牌的冲动。所有的烦恼，都归根于自己瞒着妈妈行事。从前，他什么事跟妈妈沟通，几乎没有什么纠结，有纠结妈妈也有主意，他一步步执行就行了。甚至，他和妻子结婚之前，好像是谈举办婚礼的事儿，米书华这边有妈妈的主意，未婚妻那边有她父母的主意，结果就谈僵了，未婚妻一着急，放下话，说这婚不结了，爱咋咋的。米书华那时候陷入爱恋中，宛如天崩地裂了，跟妈妈哭诉。范桂凤道，儿子，你稳住，过两天她就找你了，你们再好好合计。话音未落，第二天未婚妻就找来了，哭哭啼啼说米书华表面憨厚老实，其实没良心，说断断了。米书华只好解释，是妈妈让他冷静一天再谈的，两人和好如初。诸如此类，所以之前，米书华的人生中，可以用一帆风顺来形容。

现在，米书华有点六神无主。郝少林倒是兴奋，刚才他也接到一个手机，是他爸爸打来的，说是老郑过来打听北京老板走了没有，有松口的意思，这就是希望。米书华道，那怎么办，再去跟他谈？郝少林摇摇头，不用，晾几天再说。农村人就是这样，那地他挣不了一分钱，他也认，你上门来，他就觉得有机会了，坐地起价，我爸跟他说北京老板回去了，让他脑子冷几天再说。郝少林又教训米书华道，你看，你这知识分子，你懂得编程，懂得很精密的数据，但是生活你不懂。我现在给摆活摆活。第一，你担心你妈手机没人接，分不清是接听响铃坏了，还是出什么事了。这很好判断，如果她出什么事了，那她的手机早就没电关机了。现都没有关机，说明她每天都在充电，只不过没拿去修理。第二，现在咱们这事情有眉目，千万不能让你妈掺和进来，她一知道，这事就黄了，我晓得她的魄力。不管如何，咱们先把地拿下来再说，即便你被你妈赶回北京，我来管理，你来遥控指挥，都没关系。第三，我们现在还是按照原来的行程，带你去参观几个被承包开发的山林，你很快就有蓝图了。

米书华被这么一分析，心中的烦乱少了几分。随着一路前行，车在山间公路盘旋，风光如孔雀开屏逶迤展开，心情渐渐开朗。不过，毕竟母子连心，听不到母亲的声音，终究心里有一粒沙子硌着，便道："既然我不能见我妈，那不如你回头去我家看看，这样我好放心。"郝少林道："那倒是可以，不过咱们要订一个协议，我去看你妈，你坚决要瞒着你妈。"米书华点头成交，这才安心。

窗外传来一阵清脆的喇叭声："回收冰箱、空调、电视、洗衣机、热水器、电动车、摩托车、旧手机、烂手机。"她晓得那个收破烂的老头骑着三轮车又在楼下经过了，伴随着一阵悦耳的铃声。老头年复一年地走过巷子，享受着人间的烟火。现在范桂凤觉得这是最美的声音。这声音在她脑海间幻化出生生不息的画面。她的眼里求生的火被点燃了。她晓得现在不能迷糊，一迷糊，魂儿又跑了。

三年前，老米住院时，她陪护。隔壁床一

个八九十岁的老头，前几秒钟还在大声说话，后来困了，一眯眼，就走了。虽然老米感叹，这老头命好，走得有福气，但是范桂凤得出结论，在极度虚弱的时候，不能放松，一放松，人就没了。如果她再次灵魂出窍，可没有好运气让一个电话给拉回来了。她想到，女儿的工作那么忙，现在打自己电话不通，肯定着急了。她为自己打扰了女儿的工作而愧疚。

她突然笑了，灰暗的眼睛亮了起来，似乎看到生命的曙光。是的，在这之前，她的眼睛左右逡巡，毕竟这是在自己的房间，自己的地盘，她坚信总是能找到救命稻草的。当她从绝望的低谷爬上来时，自信又充满了眼神。这股自信，是多年来在学生、在子女身上多次兑现的。她找到了一小盒牛奶。

这一盒牛奶，出事那天上床，她当时放在枕边，以备胃难受的不时之需，后来床单被扯下，牛奶也随之掉落，有一半被床单罩住。且掉落时间可能在夜里，范桂凤并没觉察这一盒救命之源。她轻轻拖动床单，这次倒是没费多少力，牛奶就被抓在手上。奇怪的是，现在的胃部，竟然没有饥饿的感觉。甚至，好像看到牛奶，已经饱了。她知道这是假象。她的手哆嗦着，颤颤巍巍，总算把吸管取下来。本来她就有手指哆嗦的症状，用智能手机经常摁错，现在的手指，更加不听使唤，吸管插不到孔里。是的，现在这项工作，比穿针眼还有难度。她咬紧牙，把吸管定在下巴，手指摸到吸管根部，克服手指的抖动，再把吸管根部摁在孔上。平时这项不费力的工作，现在宛如扛着千斤石头。

终于，第一管牛奶进入喉管。在适应了十几秒之后，她终于感受到食物的香味，食物的黏稠，她也因为胃部突然的兴奋而差点昏厥过去。她吸一口，便喘一口粗气，感受到牛奶流淌在四肢百骸，干涸的土壤在恢复生机。她必须这样想象，夸大牛奶的威力，她觉得再活两天应该没问题。

喝了一半，舍不得再喝。一盒牛奶就是一盒牛奶的能量，她必须依靠着一盒能量获得生机。首先，她感觉有能量来思考了。是的，思考是需要能量的。

"总是有办法的！"她对自己这样嘀咕道。声音是发不出来了，好像声带已经板结了。

"总是有办法的！"她再说一遍，这次听到自己窃窃私语般的声音。这个声音很重要，她自己跟自己交谈，鼓励，声音必须放出来。

"总是有办法的。"她再一次对自己说。声音还是跟蚊子一样，但是已经很坚决了。

她环顾四周，希望还能像找到牛奶一样，找到其他的活路。显然，手机是没有办法了。而窗外的声音，能听到的，是模糊的车声、喇叭声。这些声音对于施救毫无作用。她闭上眼睛，沉浸与思考。她相信，除了手机外，在自己说最熟悉的这个屋子里，总是能看到奇迹的。想着想着，她不由自主睡着了。才睡着几分钟，她警惕性地醒来，深感自责，如果睡着不醒，那可就前功尽弃了。她又喝了一小口牛奶。

从客厅传来了敲门声，用拳头敲的那种，还有一个童稚的声音叫唤。好在她的听力还不赖，仔细倾听，是呼唤"奶奶"。她听出来了，是皮蛋的声音。皮蛋还在外面说些什么，应该是看看奶奶有没有在家，要进来。范桂凤想回应，但是她的声音是干的，空的，也许只有把耳朵凑过来，才能听出一二。总之，此刻想让皮蛋晓得屋里有人，太难了。皮蛋叫唤数声，大概认为奶奶出门了，失望而去，一时间又安静下来。

皮蛋的造访给了范桂凤一个灵感，爬到门口，那里才有与外面沟通的机会，也是逃生的机会。有了一盒牛奶，她现在雄心勃勃，一瓶牛奶的能量，能够到达门口吗？她看了看自己膝盖，血迹渗透在睡裤上，已经干了。再一摩擦地板，就疼，疼是个好东西，不会让自己轻易睡着。她像一辆拙笨的松垮的板车，开始掉头，零部件哐啷哐啷往下掉，但并不影响车身主体倔强地前进。

"皮蛋，好孩子。"歇一口气的时候，她轻轻叹道，"你要是能跟奶奶住在一起就好了，这会儿指定是奶奶的好帮手。"

她尽量说着话给自己听，这样显得热闹，

好像不止她一个人在前进。在说了几遍之后，她仿佛看见皮蛋在前方向她招手。"奶奶，加油！"她笑了。尽管她知道这是自己脑海里导演的一幕，但仍然为这欢快的场面而鼓舞。

"好孩子，奶奶不会服输的，奶奶要给你做榜样！"她心里叫道。

她爬出卧室了。这一块比较好，她可以用手攀住床脚、门框，而且已经琢磨出一套更加省力爬行的方法。要不是身体的能量枯竭，她能爬得很快。她这一辈子做过很多事，学习能力是不差的。

牛奶估计还剩小半盒，放在自己的前方。如果她现在是一辆老爷车的话，牛奶便是仅有的一点汽油，必须节省着，撑到终点。救命的玩意儿，我不会辜负你的。

七十四年前，她降临世上，死神就光顾了。那时候她连爬都不会，只会哭，她知道惜命，用唯一的武器，哭，跟死神对抗。那个老奶奶说，她爹就是听见了哭声，那哭声听得他心里毛躁毛躁的，似乎那婴儿跟他求救，他这才下决心带回去。现在，死神再一次光临，她的嗓子已经干哑，连一个婴儿的啼声都出不来，但好歹还能爬，尽管已经虚弱得不行。现在的爬，靠的不是体力，而是意志。

生命，有时候就是一口气的考验。一口气上不来，就走人。一旦悲观，现在这口气就没了。当她是婴儿的时候，就是因为有不服死的这口气，导致拼命地哭。现在，自己要拼命地爬，不能输，不能让死神鄙夷地收纳了。

她答应过皮蛋，要给他书看，甚至，她决心要给这个没妈的孩子爱。想到这里，她的劲头又上来。皮蛋，这个孩子是个幸运星。她想到。

现在她已经挪出房间了。由于几日里房子寂静，鸟雀以为是个天堂。本来它们只在阳台外活动，后来胆子大了，一只麻雀从玻璃推拉门缝跳了进来，但不晓得如何出去，在客厅六神无主。看到房间里爬出一个人，麻雀吓坏了，往玻璃上乱窜，又被撞了回来，惊魂未定。想飞出去，有两条路径，一条是由客厅阳台出去，一条是从厨房窗户出去。但是麻雀毕竟不是这个房子的主人，它只会往鲁莽逃窜。

她突然有一种亲切感，现在自己终于有一个活物相伴了。更重要的是，有同病相怜之感。麻雀现在还能飞能走，只是缺少辨别路径的能力，它的性命，需要靠运气。而自己呢，现在不能站不能走，也不能叫了，只有听，只有在地上勉强爬动。这一瞬间她感到，生命其实是一种自由。倘若失去自由，所处的天堂也只是一个牢笼，一口棺材。

一起努力吧，雀仔，多用点心！她对着麻雀鼓励道，其实更是在鼓励自己。

皮蛋趁铁拐李称水果的时候，用他的手机看视频，被铁拐李臭骂一顿。皮蛋现在学会嘴硬了，叫道："手机都不让我玩，你不是好爸爸！"铁拐李叫道："嘿，有出息劲了，我供你吃供你喝，还会跟我叫板。我不好，你找你妈去。"皮蛋道："我妈都不要我了，你还管我找她，你是不是瞎呀！"铁拐李着急了，道："不知道哪里学会顶嘴了，我他妈的抽你！"铁拐李身子不行，喜欢嘴上用强，被这么小儿子顶回来，心有不甘，抬手就要给一巴掌。皮蛋一把窜开，叫道："你敢打我，我就去报警，警察就会来帮我，我写 SOS，警察就会来抓你！"铁拐李道："写个球，谁教你这一套来对付老子！"皮蛋与铁拐李隔着一段距离对峙，以便逃窜，叫道："二楼范奶奶教我的……"铁拐李打断他，叫道："什么奶奶叫得那么亲，你自己奶奶在这里。"老太太咧着嘴坐在轮椅上笑，不晓得听见了什么意思。皮蛋看了看奶奶，哼哼道："那个奶奶更好，会给我讲故事！"铁拐李似乎受到了侮辱，道："更好，那你去她家吃，她家睡！"

皮蛋这一闹，才想起好几天没见到范奶奶了，以往几乎是天天见的。在他爸面前得不到什么好处，他便直奔二楼，到了楼梯口又拐了回来。他记起来，范奶奶说漫画书看完了要还走，再换新的。他到小卖部的柜台抽屉里取了漫画书，摇着书本对爸爸道："我找奶奶去，我也有东西玩。"铁拐李哼了一声："瞧你能耐的！"

皮蛋蹦蹦跳跳跑上来，敲着门叫道："奶奶，我还书来了，奶奶，你在吗？"叫了一会儿，没有应声。他不信奶奶不在房间里，眼睛朝着锁孔看了一下，其实并不能看到里面。他不甘心，再一次用小脚踢了两下，叫道："奶奶，你的书我没有破，保护得很好！"如果奶奶是在睡觉，现在也应该能听到，里面寂然无声。皮蛋没有耐心，悻悻走下去。但是直觉让他有不祥的预感。当他又回到铁拐李身边时，不说话，一副沮丧的苦相，愣愣地看着。铁拐李把头从手机屏幕里拔出来，愣了片刻，道："操，谁揍你啦？"铁拐李对皮蛋照顾得不好，但要是皮蛋被谁揍了，他可是会拼命的。

皮蛋摇摇头，不说话。铁拐李撇嘴道："没人惹你，也一副揍相。"皮蛋的情绪冷到极点，道："范奶奶不在呀。"铁拐李并不理会这个话题，他也不喜欢范奶奶这个人，总是对自己一副鄙夷的样子。他开始专注游戏，但皮蛋并不放过他，叫道："范奶奶会不会死了？"铁拐李一惊，道："你看见了？"皮蛋蹙着眉头道："我什么也没看见，我连门都进不去。"铁拐李松口气，道："你奶奶都没死，她可不会那么早死。"皮蛋的疑问还是没有解决，道："我都好多天没见到她了，肯定是死了。"铁拐李都听不下去了，道："你这嘴巴，人没死都会被你咒死的。她前几天不是说要去旅游嘛，指定是旅游了嘛！"皮蛋道："啥叫旅游？"铁拐李道："旅游就是有钱人出去玩呀，你这都不懂，还看书。"皮蛋道："她什么时候回来呢？"铁拐李没好气道："我哪知道，她有钱，玩到不想玩了才回来。"皮蛋道："那明天也该回来了，范奶奶说，她会让妈妈回来的。"铁拐李道："你他娘的真是多管闲事爱吃屁！"

皮蛋若有所思，像是有满腹心事。

范桂凤想过，如果自己还能叫出声，像平常一样发出尖锐的声音，也许就能被皮蛋救出去了。可惜的是，她的身体失去了大部分的能力。要不是自己洞透生命的诀窍，死神的轨迹，可能这一口气都上不来了。

一盒牛奶已经喝完了。她挪到了刚刚摔倒的位置，离门口也就两米多的距离。倘若她一开始没有一心记挂手机，而是直接爬到门口，想必现在都已经得救了。美好的事物都是曲折地接近自己的目标，一切笔直的都是骗人的。是的，手机就是一个骗局。在自己接近生死考验的时候，平凡的人就变成一个哲学家了。

她的体力几乎耗尽。能闻到自己身上的臭味，第一天就开始失禁了。但是胜利也就在咫尺，能看得见的地方。只要自己再前进两米，那么外面的人就会听见自己从里面的敲门，这是她的计划。她相信皮蛋还是会来的。这个孩子，不会忘记跟自己的约定的。

那只麻雀，不晓得躲在哪个角落去了。她偶尔会听见它的扑腾，但也许它也筋疲力尽了，不知道是绝望了，而是在哪里歇着，等着下一次冲锋。她想，也许这只麻雀，就是来陪自己的，只有自己能出去，麻雀才有机会出去。夜幕再一次降临。自己能不能完成这两米，已经是个谜了。现在已经四天了，不知道能不能再扛下去，也不知道是不是自己一闭眼，就会永远昏睡过去。但是，即便自己有能量，按照自己龟移的速度，也要明天才能挪在门边。她再一次吸了一口已经空的奶盒，一滴也吸不进去了，但想象有奶汁吸进嘴里，沿着喉管流到胃里，化为能量渗透到身体各处。是的，这种想象，能让身体保持活力。

这是死去活来的一夜。每次困去，又醒来，她都庆幸自己还活着。脑子处于模糊状态，要想一件事情，意识要像一颗种子突破土壤，这才有逻辑。是的，思考也是需要能量的。天亮的时候，她意识到自己没有死去，相当振奋。她知道，这个白天是关键的一天。求生的机会稍纵即逝，她必须努力。与死神的决斗，来到了一决胜负之处了。现在离门口是一米。而自己像一只树懒，还在前进。从这里，可以看到厨房的菜筐上还有青菜。她想，现在如果有一片菜叶，她也能美滋滋地嚼下去，让汁液渗透已经干涸的肠胃。

在大饥荒年间，她庆幸自己没有像村人一样饿死。现在，是命运报复的时机。

大约在十点左右，她在迷糊中被一阵敲门声敲醒。是的，这惊慌失措的兴奋，几乎让她昏厥。此刻她离门还有一米，那一瞬间，她有一种一跃而起的冲动。但是，这具躯壳，可能仅仅剩下这种冲动的活力了。她张了张嘴，但没有声音，有一点，是干干的叹气声，连自己都很难听到。声带像生锈了，而喉腔里则像火在燃烧。不过她的耳朵还勉强能使。

"阿姨，在吗？我是米书华的同学……"

她听了两遍，听出了意思。她不能做什么，只是闭上眼睛，去感受希望来临。是的，米书华人在北京，肯定叫他同学过来打听了。她心里着急，但是没有办法。不管如何，这下子有人管了。她对自己说，今天指定能得救的，你可得扛住。

　　敲门声响了许久。接着范桂凤听到他和一个小孩的对话，可能离门有点距离，听得不清楚。然后门外就安静下来。范桂凤脑子里嗡的一声，一片黑暗，似乎身处茫茫宇宙，眼前群星闪烁。

　　那只麻雀在她看不见的地方又扑腾一下。宛如宇宙中一个黑洞发出的，她突然脱口而出："书华！"好像米书华就是不远处的星球潜伏着。她的脑子里回旋着书华的声音："妈，我现在是一个成人了，我想按我的意愿来生活。"这是米书华在春节与她的对话，这是他一直强调的。当时范桂凤觉得自己的权威受到了威胁，觉得米书华是为了叛逆而叛逆。你说多少人想去北京站稳脚跟，他却想回到小地方，这是对自己世界观的颠覆与反叛。她坚决地拒绝他的意思，说他不成熟，简直是对自己教育的一个侮辱。米书华道："妈，你认为那些体面的东西，大都市、高薪、工程师，现在对我来说，却是一个牢笼，不论是我的肉体还是精神，都被禁锢着，你不能理解的！"她当时无比奇怪地看着儿子，觉得他是无病呻吟，志得意满的矫情。现在，她脑子里突然像被闪电劈开，一股电流在刹那间，把她和米书华的意念联通起来。她的眼皮一热，虽然没有眼泪出来，嘴里忍不住轻哼："儿子！"她挣扎起来，似乎在替儿子挣扎。

她喘着粗气，现在有新的动力在支撑她的最后一步。她必须活着对儿子说："我同意！"或者说，她必须活着，救出那只不走运的麻雀。

现在麻雀的处境是，除非有极好的运气，让它跳到厨房，发现打开的窗户。可是，麻雀却因为胆小，钻到橱柜的底下去了。而自己能把握的生路，便是努力爬到门口，再次有人来敲门时，也在里面敲门求救。而留给自己的时间已经不多了，这把散发臭味的老骨头，能量已经少得可怜，像手机里的电格，已经看不见了，随时可能关机。命运将自己置身于紧张的关口，不仅要最后的努力，还要与时间赛跑，这残酷的考验，死神冷笑中下出的胜负手！

七

到了屏南，两人参观了一处种植山庄。该庄主原来承包下山头后，种植了十年前很火的红豆杉。但是成材后销售效果并不如人意。还好庄主间种了晚熟葡萄，由于与普通的葡萄打了个时间差，成了主要收入。米书华听着主人的创业史，听得入迷，同时也豁然开朗，对这个行业开始有入门的感觉。谈得投缘，晚上两人住在山庄，又将自己的新项目求教庄主。庄主说了两点：第一，米书华想承包的林场租金并不贵，再一倍也不算贵，主要看基础设施行不行，比如说他这里，光修路就花了将近百万，这个必须算到成本里。第二，不能只有一种的种植盈利模式，一定要有多种经营，具备多种可能性。有心栽花花不成，无意插柳柳成荫，这种事是常有的。

米书华和郝少林商谈一夜，决定增加猕猴桃种植，回去后，做个整体规划和预算，然后再跟老郑谈价钱。次日一早，两人便兴冲冲驱车回来。昨晚太兴奋了，没睡好，米书华在副驾驶打了个盹，睡着了，梦见母亲正在生孩子，有人在接生，接着那个婴儿被抱出来，"哇"的一声啼哭，分明就是自己。他正奇怪，怎么会有两个自己，一声喇叭，他就醒了。米书华说了这个怪梦，郝少林道："这个梦很好解释，说明你现在获得新生，有了自己的主见，不再是母亲的附庸，恭喜你啦！"米书华道："如果是这个意思，我应该兴奋才对，怎么搞得心中反而不安呢。"郝少林道："第一次叛逆，当然是又兴奋又不安了。我告诉你，你要搞清楚自己人生的剧本，——不是你父母的续集，也不是你子女的前传，更不是你朋友的外篇，对生命你不妨大胆冒险一点，因为你好歹都要失去它。"米书华皱眉道："没想到你现在说话一套一套的，好有学问的样子，看来这些年还是读了不少书嘛。"郝少林笑道："你看，我一装有学问，就被你看出来了。告诉你，这话不是我说的，是一个什么哲学家说的。我也没读什么书，只不过经常背几句名人名言，说话的时候用上，显得有见识，人嘛，必须包装自己。"

谈笑之间，米书华若有所思，在一个拐角处，阳光突然照射过来，眼睛被刺了一下，好像针尖划过。他揉了揉眼睛，道："回去你就帮我去看下我妈。"

到了城里，车停在附近，郝少林便上楼了。米书华在车里，看着郝少林上去，感觉像自己上去了，倍感亲切。家附近的一切，是小城区老城区特有的景象，拥有的低层楼房，幽深的巷道，简陋的水果摊，杂乱的便利店，流动的牛肉丸贩子探头探脑，城管一到便往巷子里扎。看着这些，就跟见了母亲一样。他也想起了父亲。父亲就是留恋这一切，舍不得搬走，结果倒是如愿，在这里走了。如果有灵魂的话，他的灵魂一定会经常回到这里溜达。一丝遗憾和温暖涌上心头。他突然想，母亲如果能同意，如果自己下了班，还能想当年放学一样，穿过闹哄哄的街市，回到家里和母亲一起吃饭，令人回味无穷的生活。这情绪里掺杂着怀旧，没有办法，生命不再惯性前行，已经开始反刍了。

大概过了十分钟，米书华就看见郝少林返回了。米书华心里咯噔一声，觉得情况不妙，还没等郝少林上车，着急道："怎么样了？"郝少林一脸苦闷，道："敲门没人应答，可能出事了！"米书华急了，跳下车，道："走走，赶紧上去看一下！"郝少林扑哧一声笑了起来，道："看你急吼吼的样子，真是沉不住气，我告诉你吧，她旅游去了，你看老太太活着多放松，哪像你！"

郝少林敲了门，确定没有应答，正寻思着问问左邻右舍，兴冲冲从一楼跑上来一个小孩，手里拿着一本漫画书，正是皮蛋。皮蛋指着房门道："范奶奶去旅游了。"郝少林问了皮蛋，晓得是楼下水果店的，看起来没少跟范奶奶交往，问奶奶啥时回来，皮蛋摇摇头，道："我等她回来，就把书还给她，我一点也没弄脏。"郝少林道："你真是好孩子，就是脸有点脏，别用手擦鼻涕。"皮蛋把手在鼻子上抹了一把，道："奶奶也是这么说的，让我洗脸，可是我没有水。"郝少林下了楼，心想，老太太出门了，真是太好了，省得米书华成天魂不守舍。让米书华演空城计，他就演成惊魂记。

　　春节期间，米书华确实有跟老太太谈起旅游的事。米书华说，自己回来，就可以带着她去旅游，过个正常人一样的生活。对于自己从未带父母去旅游，特别是父亲走了之后，米书华就特别遗憾。范桂凤说，为什么非要旅游呀，咱们这个城市现在这么漂亮，我一天走一趟也算是旅游，外地游客都过来呢，干吗非得花钱去外面玩。米书华不禁摇头叹息。范桂凤道，我晓得了，你想尽孝心，这我认，你有这心就行了。米书华道，妈，没有经历的事，你就该去经历一下，你的思想也会改变的。范桂凤道，行了，旅游的话，我自己也能去，夕阳红的旅游团，广告都发我手里了，我用不着你带我。

　　米书华颇为疑惑，道："其实她不怎么爱旅游的，怎么不跟我说就偷偷摸摸去了？"郝少林道："这有什么奇怪的，她突然就想通了呢，退休金那么多，又不缺钱。对了，你们最后通话到底说了什么？"米书华道："她一大早就给我电话，说是手机接听键没声音，我让她去找维修师傅。接着我谈起回乡创业的事，她就气得把手机挂了。"郝少林笑道："那就对了，她还来不及跟你说旅游的事呢，出发前呀，连手机也没修好，这很好解释呀。你别琢磨了，等老太太走一番回来，长了见识，也许就不那么轴了！"这一番推理，米书华才放下心来。不过毕竟很久没听见妈妈的声音了，米书华再打了一次手机，还是没人接。郝少林道："别打了，它一直有电，就说明手机她一直在用，只不过接听铃声是没有了。"既然离家这么近了，米书华想回家看看，要不然总是觉得过意不去。好似他的脑海里总有一个声音在召唤他回家。郝少林对米书华的患得患失已经厌烦，郝少林说："你去吧，被邻居什么认出来，我看咱们这事就黄了算了。"

郝少林这一招苦肉计，把米书华的思绪拉了回来，重新回到创业上。哥俩也饿了，找了一家火锅店，吃了火锅后，决定先上林场考察交通和灌溉设施。也就是从这个时候起，米书华真正下定了创业之心，不管如何，自己一定是开始做自己兴趣的事。

在郝少林离开后，她还听到了米书华再次打来的手机铃声。这给予她无限的希望。外面的人是自由的，总是有办法的。而她已经在禁锢，只能与时间赛跑。夜色又一次降临的时候，她对外面的救援已经不抱希望。她能听见对门邻居进出关门的声音，甚至有个邻居还来敲了一下门，可能好几天没见动静了，也想打听一下。但毕竟是邻居，见敲门没人，也不会追究下去。你有儿有女的，这用不着别人操心。关键是，范桂凤这个人性格清净，跟邻居保持着距离，偶尔谈及子女，互相晒着骄傲，但是不会特别亲近。要说亲近，倒不如说跟皮蛋最亲近。

黑夜无声无息地来了。范桂凤想，如果没有那盒牛奶，她现在已经灵魂出窍了。现在这盒牛奶的能量已经耗尽了。黑暗中她一声不吭，一点儿不想，只凭借一口不服的真气，与死神对峙。清晨的时候，她醒来，咬了咬自己的手指，会疼，发现自己还活着。是一缕阳光从窗户上折射过来，打在她的眼睛，这给她带来温暖和眩晕。身体已经像枯木了，呼出的气息，像着了火一样。光打在脸上，刺目，眼里幻化出五彩斑斓，自然是什么都有了。她看见光晕中老米走了出来，给她一件红色的毛衣。那时的老米，还那么年轻，马坑在高山地区，冬季很冷，这件机织的毛衣，有花纹，当时相当时尚。这算是定情物了。老米要范桂凤马上穿上，那一瞬间，她又暖和又暖心，感觉到从此生命被紧紧拥抱着。想到那件毛衣在自己身上，她的身体一下子活了过来。毛衣，她嘴里念着，这是她生命中最重要的爱。

　　她暖和过来了。光也更加绚烂了。一家人都走了过来，围在一个筒子楼的房间，桌上是香喷喷的鱼肉。那是她们刚刚进城的庆贺的日子，离开令其恐惧的乡村，前程似锦，老米少有地掌勺，给孩子们做了一道姜母鸭，芳香四溢。孩子们围坐在一起，吃起每块肉，都有话说。鸭翅膀孩子一人一个，说以后能飞得高看得远。鸭屁股给妈妈吃，小孩子吃了爱放屁，大人不怕。那时候，分到的是学校的两间筒子楼宿舍，狭小而温馨，房间里弥漫着肉的芳香。后来生活好了，山珍海味，都能吃得到了。但是，现在让范桂凤说一样最想吃的，还是姜母鸭。老米做的姜母鸭。她舔了舔干干的嘴唇，嘴里能感觉到渗出一丝丝的口水，湿润着，鼻子里能闻到辣丝丝、又醇厚的肉香。她闭着眼睛，美美地享受着，珍惜每一秒。家庭聚餐后，孩子们在说自己的憧憬，米月华说她想当一个科学家，米书华说想当一个航天飞行员。老米开玩笑说，他年纪大了，现在就好好当一个家长吧。这句话让范桂凤感到无比踏实，一万句情话也比不上这朴实的爱。她幸福极了，从荒凉的原生家庭里逃出来，创造了一个自己美满的家，她感觉到了巅峰，以后就是陪着孩子慢慢长大了。这种团聚的温馨，现在依然成为能量，渗透到她的四肢百骸。她觉得自己又能爬动了，但她不忍心睁开眼睛，不忍心从梦境中抽身而出。

那一抹折射的阳光，却很快从脸上掠过去。她短暂的梦境里出现的温暖的光消失了。一个穿着黑衣服的人站在面前，这次是死神来了。她的身体能量已经枯竭，灵魂必须出窍了。她脑子里晓得这个原理。但她本能地拒绝，想睁开眼睛，但眼皮却打不开。是的，在短暂的美好的幻梦之后，身体是一个能量的低潮。低到极点的话，生命就戛然而止。她的灵魂奋力挣扎，她对死神喊道：你赢了，这我知道，但我没有输，我做到了一个人能做到的极致，我不能马上跟你走，我能接受死，但我还要处理最后的事，这是我的尊严。

她的无声的呵斥吓退了死神，再次睁开眼睛，是的，眼皮像两块钢板被撑开了。她扫了一眼熟悉的屋子，进进出出的厨房还在散发验货单的气息，虽有眷恋但是坦然。她又转到自身，不能死得难看，必须安详，她把蜷曲的腿放平，不能让孩子看见自己死得痛苦挣扎的样子，那会给孩子们留下一生的心痛。身上的衣服，也稍微收拾平整。裤子里有排泄物，那是没有办法的，毕竟是肉身，表情要平和，就跟睡着一样。死亡的仪式在她脑海中演练了一遍，这些能做到。

心中放不下的，米书华与自己的对峙。米书华说，他在大都市的生活，是一个牢笼。自己必须回应他，否则，他会认为，这个死老太太，永远不会理解我。她必须给孩子留下回应，这是做母亲的责任。她伸出手指，咬，居然没怎么感觉到痛，不是不痛，是无所谓的痛。伟大的牙齿，乃是人最有力量的部位，最有韧性。她在瓷砖地板上颤颤巍巍扭扭曲曲地写字，没有力量，但总算能把字形写好。当了一辈子老师，最后一刻，终究用上了自己的老本行。她写的是"自由"，血书，米书华当然会明白这两个字，因为在他的嘴里提到了无数次，这是母子俩的隔阂。她松了一口气，几乎虚脱而去。但又有残存在能量，想象儿女们的感受。不管如何，这次自己的不小心，还是会让儿女永远痛心的。他们想象母亲临走前的痛苦，这会让他们疯掉的。她必须告诉孩子们，她没有那么痛苦，与在死神的拉锯战中，她是坦然的，微笑的，没有丢掉做人的一点点尊严。

她再次把手指咬了一口，让伤口更大，如果要写作的话，这一身的血倒是够写一篇文章，只不过力不从心，交代不了那么多话。她又写了两个字：无憾！

儿女们应该明白她的心境，应该能让他们好受些。字写得还不赖，板书是自己的特长。就像刚从讲台上下来一样，就像刚刚上了一节生动的语文课一样，她很满意地把血指收了回来，把自己的衣襟捋平，安详躺着，就跟有仪式的睡眠一样。眼睛闭上，死神已经在屋顶守候了。她微笑着说："来吧，带走我吧，但你并没有赢得什么。你都看见了，人之所以伟大，因为他是一座桥梁，而非目的。"她为此刻体悟到的生命本真而感到欣喜，感觉到身体极度空虚，灵魂如满弓之箭，跃跃欲试。

死神伸出了手。

八

在与郝少林的交谈中，米书华说起大学的一件事。米书华到了大学，开阔了眼界，也明白了人的方式多种多样，这时候便出现了叛逆思维，有些事情跟母亲就谈不拢，电话里不免是争执。有一次，米书华居然梦见，自己把母亲推下悬崖。这一梦令他非常不安，又不敢说出来。结婚后，他跟妻子谈到这一点。妻子是学心理的，直截了当地说米书华有"弑母情结"。米书华不承认，说自己虽然偶尔有叛逆，实际上跟母亲的关系，比一般同学都要好得多。妻子跟他解释，"弑父情结""弑母情结"是一种根源性的潜意识，跟道德或者真正的行动并无关系，这种情结反而发生在那些听话的孩子身上，是自我觉醒的一个表现。这也说明，你的人格被母亲的人格压制和占领，你一直在反叛。

米书华后来再也不敢谈论这件事，因为太大逆不道了。他后来也越来越尊重母亲的意见，驱散自己内心的阴影。但是他也害怕，假如有一天，自己的潜意识突破理智，会不会造成悲剧？

有一天，郝少林与米书华聊天时，郝少林也说，书华，你只有等你妈走了之后，才会大刀阔斧地做事情。

米书华一下子想起潜意识的事，觉得这话很不吉利，当场就差点和郝少林翻脸。

后来，米书华想起，从母亲受难的第一天起，自己就回到了家乡，有很多次的机会来救母亲的，也有无数次心理暗示，也许母亲处于挣扎困苦中，怎么就没有做出正确的选择呢？虽然有各种阴差阳错，虽然有郝少林在自作聪明地推理，但要怪罪的，终究是自己。难道自己真的不爱母亲？难道自己的潜意识真的想要"弑母"？自己的无数次酿成悲剧的举动，难道是潜意识在作祟。

墨菲定律说，你要是害怕什么，什么就会

发生！

　　冥冥之中，命运已被深藏体内的意念决定了吗？

　　想到此处，他就要发疯，同时也被一种无力感包围。他的手掌掩住了眼睛，眼泪从指间渗出，自己的所为造成的结果，大概是世上最丧心病狂的儿子所为。他也晓得邻居在后面说什么，嗨，这老太太这么惨，还有儿有女呢，还是知识分子呢！比不上楼下那个卖水果的。

　　姐姐也在无限的自责与忏悔中，但是自己已经答应米月华处理照顾母亲了，所以责任又归为自己。也使得母亲少了一条活路。

　　他又想自己的半辈子在做什么，既不能满足自己，也不能做到孝敬双亲，像一台器械在挥动双臂，为稻粱谋。活着是一件多么肤浅的勾当。

　　说到底，自己真的爱母亲吗？还是恨母亲？他想方设法让自己痛苦，似乎这样才能抵消母亲所受的苦难。思考永无止境，忏悔绵绵不绝，但发生的事，已经存在。

范桂凤微微睁开眼睛，天堂的样子真的很干净。白色的屋子，白色的床单，温暖而干燥。她下意识地去摸自己的衣服。如果到了天堂，还是那一套因失禁肮脏的衣裤，那可就大煞风景了，天堂应该更讲究仪表。她发现自己的衣服是干燥的，已经被换了，这才放心。

米书华凑了过来，惊喜叫道："妈，你醒了！"米月华也凑了过来。这是两张活生生的脸。范桂凤张口叫了起来："这不是你来的地方，孩子！"她的声音依然微弱，但好歹能像窃窃私语一样地发出了。

"这是在医院，妈！"米书华忍不住亲抚母亲的额头，悲恸不能自抑。

"活着吗？"范桂凤问道。

米书华和米月华使劲地点了点头。

据二院的脊柱科主人杜医生介绍："患者诊断为胸腰椎多发骨折，左股骨髁骨折。还有全身多处擦伤。这种摔伤患者移动比较困难，单独靠自己很难挪动。患者来时，人都快衰竭了，精神很差，再晚一步，可能就不回来了。"

范桂凤笑了，向那个一直在身边盘旋不去的死神微笑。

"别哭了，孩子，妈不苦！"

经过几天的治疗，疼痛明显减轻，精神也好转起来。她已经能够回忆起点点滴滴了。看望的人倒是不少，甚至还把记者给招来了。

范桂凤倒是不怕累，跟记者讲述自己的点点滴滴，一句话，自己从未放弃从未屈服。米书华倒是怕她累，让记者呆了一会儿就赶出去了。

范桂凤觉得好了，一直要回家，米书华听从医生建议，坚持要再观察三天。范桂凤道："你不让我出院，但我想起一个事儿，你帮我去看看王老头。"她一直对没有接王老头的电话耿耿于怀，现在打王老头的电话，又没人接。

米书华道："妈，这事等你出院了再去，你现在自己也不行呀。"

范桂凤道："书华，你还觉得老人的事能等吧，等着等着就没了！"

米书华心里一颤，赶紧拍了自己一耳光

道："妈，我错了，我赶紧去。"

米书华刚走，铁拐李和皮蛋就从门口进来了，铁拐李还提着一袋水果，道："这是我捡的最好的，不骗你。"范桂凤老是笑他给老太太吃烂水果，所以他急于辩白。

范桂凤一把抱住皮蛋，忍不住亲他的脸蛋。铁蛋不好意思，叫道："奶奶，我脸上是不是很脏！"范桂凤道："不脏不脏，你这个小福星！"

她把头伏在皮蛋的肩上，生死关头的险境再次浮现眼前。

她觉得自己的灵魂正离开躯壳，任由死神摆布。突然间皮蛋的敲门声又把她拉了回来，皮蛋在外叫道："奶奶，你还没回来么？"叫了几声，范桂凤不能作答，此刻她离门口还有一个臂膀的距离，但是她无法再挪动了。皮蛋突然把漫画书从贴地的房门缝隙塞了进来，自言自语道："回来了你就能看见了，你也换一本在那里给我！"

那塞进来窸窣的声响，刺激了范桂凤的神

经。她抬头看见了那本书，突然萌发出最后的勇气。她不知道哪里来的力气，奋力一挪，整个心脏都要跳出来了。她挪动了一点，尽量伸出手，居然够着了那本漫画。她用指尖夹住，缓缓把书挪到自己面前。

这时，那只麻雀突然叫了起来，不晓得什么时候，它已经到达厨房。随着最后一声欢快的叫喊，扑啦啦，居然逃脱了。

冯桂凤像是一口闷气从胸口里透出去，身体又有知觉了。可能是希望吧。

她喘着气，抬起手指，终于，书的封面上出现了几个血字：SOS。她再次伸长手，把书从门缝里一点一地送出去。

后来是皮蛋送出的消息。他过了不久，又返回来，看看书有没有丢掉。他看到血书，他吓坏了，飞奔下楼，叫道："爸爸，有人求救，快去救命！"铁拐李道："你懂什么，这事应该叫警察。我能救个球！"……

米书华带来坏消息。王老头在家走了，还是坐在椅子上，手里拿着手机。他的死因是一个谜，他的儿子找不到，也是个谜。

　　范桂凤出院后，找过小齐，得知王老头来过小齐这边，求小齐打范桂凤的手机，没有人接之后，他还嘀咕："你们都骗我，你们全部在骗我。"小齐对此也无奈。范桂凤听了，眼泪又掉了下来。想到王老头临终前还认为她是个骗子，她几天都没睡好觉。后来米书华陪着她散步，经过这里的时候，经常到老王住的地方探头查看，似乎想看看王老头还有没有在，也打听下他儿子回来没有。每次，范桂凤都会跟米书华嘀咕："你说他儿子，到底怎么啦？"米书华想不出个解释填补母亲的好奇和悲悯，只好说："妈，人是世上大野鸡。"范桂凤抹着眼泪，道："你说，王老头临死前，肯定还在气我吧。"米书华听了半晌，分析道："不会的，人死前，脑子里想的应该是最重要的东西。"范桂凤道："那会是什么？"米书华道："要么是他儿子，要么是他儿子的手机。"

角斗士

孙细九一手拿着一个煮熟的红苕，一手牵着狗屎，连拉带扯地到大厝南墙根，道："瞧，太阳贼亮，不晒多可惜。"

狗屎没搭理大太阳，鼻孔里挂着两条青绿的鼻涕，眼巴巴地看着红苕，见孙细九停下来，便拽着他的衣角抢红苔。孙细九把红苔举起来，像自由女神举起火把一样，对着狗屎告诫道："这个红苔就是你的午饭，吃了就不准再叫吃饭了。"狗屎懵懵懂懂得点了点头，孙细九把红苔递给他，狗屎像狗见了骨头一样，把红苔放在嘴里就着鼻涕一阵狂嚼。

一堆老小像羊屎一样稀稀拉拉在南墙根晒太阳。这个月下了两场雨，一场十三天，一场十二天，整个村子烂透了，这些浑身发霉的人像咸鱼一样在阳光下翻来翻去，恨不得把自己烤熟。

孙安凑穿着一件闪着油光的西装，脚踏一双崭新的解放鞋，叼着一根梅花牌香烟，在人堆里比较醒目。他看见孙细九爷孙俩邋遢的样子，吐出一口烟，摇摇头道："细九，你能把狗屎那两条鼻涕给擤了吗，我看着硌得慌。"

孙细九蹲在墙角，慢条斯理道："鼻涕也是有营养的，我还是让他吸回去。"

墙根的几个老头笑起来。孙安凑潇洒地吐出一口烟，道："哎，野蛮，太野蛮。"又踱几步，居高临下站在孙细九边上，问道："狗屎他爹没回来？"

孙细九斜着眼睛抬头道："你这后生，真不厚道。"

"不厚道，我怎么不厚道了？"

孙细九眯着眼睛，头也不抬道："你想问我话，也不递根烟给我，自个儿叼着烟，怎么说我岁数也多你一倍呀。"

"哦，这个你也别怪我，我今儿没带便宜的烟出来，梅花太贵了，一包八块。"孙安凑讪笑着，不过他毕竟是见过世面的，不小气，把手里半截递给孙细九，道，"这个，行了吧。"

孙细九把半截梅花戳在嘴里，深深地吸了一口，道："真没见过你这么大方的。"

"我问你狗屎爹回来了吗？"孙安凑又抽出一根梅花，给自己点上。

"别提那没出息的。"孙细九没好气道。

"细九叔，这就是你不厚道了。"孙安凑

皱眉道，"我都给你抽梅花烟了，你还不回答我问题。"

孙细九深深地吸了一口，道："你一提他，我就来气，怎么能厚道起来呀！"

"是你儿子生什么气呀，再不济也给你操出了个孙子了。"孙安凑指了指狗屎。

孙细九把烟屁股狠狠地插到地里，道："就是呀，他倒是能操，可砸我手里养——我倒是奇了，你怎么对他问七问八的？"

"不瞒你说，现在我在外面混得还不错，大小也是个工头，手下也需要一些信得过的兄弟，狗屎他爹当年跟我玩过，觉得挺好使。"

孙细九闭上眼睛，伸出三个指头。

孙安凑吸了一口凉气，惊问道："你要三根梅花才肯说出答案？"

"三年了。"孙细九表情痛苦道，"三年没有音信。"

"这么说，他把狗屎往这一扔，就不管了？"孙细凑问道。

"那可不是，如果你在外边有他的下落，

倒是叫他回来，我也老了，狗屎的饭量越来越大，养不动了。"孙细九说着，手迅速伸出，在电光火石的瞬间，已经把孙安凑唇上的半根烟放到自己的唇间。

那一年，狗屎被带回来做了周岁，狗屎他爹就没有把他带出去的意愿，到了狗屎三岁的时候，连他自己也不回来了。他爹走的时候，连狗屎的名字都没来得及取。狗屎像个没爹没娘的孩子，特别贱，左邻右舍不约而同叫他狗屎。这名字要说出处，也是有的，村人把特别讨人嫌的东西称为狗屎，一沾手就甩不掉的意思。既然是公认的名字，孙细九也没有异议，因为他能比别人更加深刻体会到这个孙子真的是一堆甩不掉的狗屎。

狗屎认真地吃完红苕，仰起一张五彩斑驳脏得像老家具一样的脸，看着孙细九，眼里闪着恶狗一样欲求不满的凶光。孙细九厌恶道："看毬毛，一边玩儿去。"狗屎一把抢过孙细九手上的烟，往自己嘴里塞。孙细九一耳光扇过去，烟被打落在地，狗屎迫不及待地号啕大哭，顺势躺在地上撒泼打滚，把草皮都磨了一块。孙细九根本不搭理他，道："干他娘的，六岁就想抽烟，你有这命吗！"

但是狗屎撕心裂肺连绵不绝的哭声实在太闹心了，对于晒太阳闲聊的人来说，不啻一场灾难。孙安凑央求道："细九叔，狗屎这哭声也太瘆人了，你哄哄他。"孙细九道："没吃的怎么哄，要不你把烟给他一根？"孙安凑道："这是哪儿话，你看我家小宝，长这么大了从不抽烟。"

孙安凑的孩子小名小宝，跟狗屎一般大，衣着时髦整洁，细皮嫩肉的，正在一边自个儿玩耍。跟狗屎比，一个在天上，一个在地下。

本来孙细九以为狗屎哭一会儿就会灰溜溜去玩儿了，但是半根烟抽完了，还是没有消停的意思，真不知道哪来的力气哭。孙细九把烧得焦黑的烟屁股狠狠地摁在地里，抓住狗屎的细胳膊，像青蛙一样拎起来，骂道："跟狼嚎似的，连哭也哭得这么难听，真是丢我们家的脸。你要咋的才能不哭呀！"

狗屎见有人理会，猛地收住哭声，周围顿时万籁俱寂。狗屎眼睫毛挂着泪滴，小眼珠子滴溜溜转了一圈，指着小宝道："我要那个！"

小宝正在玩一辆红色的遥控小汽车，一帮半大不小的孩子围着小宝看稀奇。这玩意儿是孙安凑刚刚带回来的，对孩子来说，太奢侈了。

孙细九冷笑道："哧，什么都敢想，这玩意儿是你玩的吗！来，我给你整一把戏玩玩。"

孙细九捡了一块青砖，架在一块石头上，他要玩徒手劈砖了。墙根的老小见又有把戏看，聚拢过来，叫道："细九，一把年纪了，还行吗？"

孙细九傲气道："行不行，过来瞧瞧不就知道了吗？"

孙细九一边摁住砖头，一边蹲着马步，运气发功，青筋暴露，"嗬"的一声，一掌劈下，势若千钧。

砖块安然无恙。

周围都笑起来，道："瞧瞧你那手掌裂成

两瓣了吧！"

孙细九不动声色，冷笑道："就是先让你们瞧瞧砖块有多硬！"

又一声暴喝，这一次吃准了劲，劈准了位置，一掌下去，砖块裂成两瓣。孙安凑夸赞道："宝刀不老，宝刀不老！"

孙细九道："要是当年，根本不用吃劲，跟劈豆腐似的。"

孙细九刚享受了片刻荣耀，狗屎又在腿边号哭起来。孙细九怒吼道："到底要怎么才能闭上你那张臭嘴？"

狗屎指着红色的小汽车。那辆小汽车正在小宝的遥控下，跌跌撞撞地在地上绕圈子，吸引住了很多孩子的目光并为之尖叫。

"跟你说了多少次，你不配玩那个。"孙细九捡起自己劈下的砖块，递给狗屎道，"在你死鬼老爹回来之前，我只能给你玩这个。"

狗屎接过砖块，愣了半晌，露出诡异的微笑，兴致勃勃地朝小汽车走过去，对它的爬行充满兴趣，像观察一只巨大的甲壳虫。孙细九呼了一口气，叹道："他娘的，这小子总算像个正常人了。"

狗屎瞅着准准地，脸上带着发自内心的欣喜，一砖头朝小汽车"啪"地砸下去。

这个村庄名叫风吹萝带，从104国道往上看，它像一个伤疤露在郁郁苍苍的戴云山脉顶部，有一条泥泞的小路把村庄与外界气若游丝地连接起来。从前村里的人都懒得出去，他们宁可沤死在这里也懒得出去，外面的世界变化太快，会把他们吓坏的。在此生老病死其实挺不错的，自成一体，唯一的难处就是女人太少，娶老婆难于上青天，村里光棍特别是老光棍比较多。也有些幸运儿能找到自己近亲的表姐妹，生下一堆不知道是白痴还是天才的小人儿，陪着光棍在水井旁抬头呆望，似乎在掐算世界的未来。大概到了2007年，受惠于村村通公路的政策，此地有了一条水泥路与外界相通。县里原来设计是两车道，到了镇上的时候，认为此地极少有汽车上去，一货车道就足矣；

到了施工的时候，领导认为即便修成一车道，也是浪费，为了节约经费，修成了约肛门宽的水泥路。别看它窄，可是从山脚妖娆而上，弯来弯去，婀娜多姿。孙细九一年出去两三趟，主要是弄点草药什么出去卖，那一年他坐在老七的摩托车后面，在云端间绕来绕去，"砰"的一声，摩托车与一辆小车在拐弯处相撞，老七倒是没事，孙细九从后座滚下来，滚到沟里去了。那辆小车是来观光探奇的，车上出来一个脸色煞白的戴着黑框眼镜的中年人，两个人一起把孙细九抬起来，只见他紧闭双眼，虽然身上没见着流血，但摸一摸鼻孔，已经没了气息。老七叫道："撞死人了，赔钱吧。"

中年人慌了，脸色更白了，问道："要赔多少？"老七道："一条人命，至少十万八万吧。"中年人缓过神道："我还是报警叫保险过来吧，保险能赔。"老七叫道："我可不管你保险不保险的，反正你撞死人现在就得给钱，你给我搜搜，身上有多少先拿多少，不够我再跟你下去拿。"老七一脸土匪样，把中年人吓坏了，赶紧把钱包掏出来，拼命数里边的钞票，查看各种各样的卡。

孙细九突然哎哟一声叫了起来。中年人兴奋叫起来："他活了，他活了！"

这下中年人更要报警了，老七要挟他要是报警，就叫村里人过来揍他，那人只好把钱包里一千多块钱掏出来给他，灰溜溜地倒车走了。

老七气得朝孙细九暴喝道："你再装死一会儿，我们几万块钱就得手了，你叫什么叫呀！"

孙细九因为表演失败，无话可说，嘀咕道："那么大一只蚂蚁在你大腿蜇一口，我就不信你不会叫。"

两个人吵了一架，然后把钱给平分了。

孙细九后来请求老七用摩托车载他去撞小车，老七嫌他演技太低，没有再给他机会。

还有一个原因是风吹萝带极为偏僻，一年难得有几辆小车上来，找碰瓷机会，也耗不起油钱。老七指了指山下，道："你看，这路上哪里有人，你是百年一遇才碰上一辆小车。"

又指了指云雾缭绕的山头道："神仙倒是有几个，可是你撞神仙能撞出钱来吗？"

确实，云头之间，有两个闲得无聊的神仙在下棋，神仙甲看见神仙乙一副怔怔的样子，道："你倒是下呀，发什么呆。"

神仙乙指着神仙甲后面，道："你看看，那是什么？"

神仙甲回头一看，一条彩虹从风吹萝带拔地而起，一直伸到海的那一边。

神仙甲道："一条彩虹，有什么奇怪的，我们天上到处都是。"

神仙乙用手指轻指道："啊，多么神秘，从 45 度角望去，它多像一条命运的纽带，人间的悲欢就深藏在七彩之中！"

神仙甲骂道："嘿，你逼格能不能别那么高，我们是来下棋，不是来看彩虹的。"

神仙乙毫不理会，问道："你看这条彩虹，这一头是风吹萝带，你猜猜那一头是哪里？"

"纽约？"

"不，是螺蛳湾。"

二

　　一辆市区开往螺蛳湾的公交车，准确地说，是开往火车站，因为终点是火车站，在东湖市场停住，蒋宜焕挑着两只箩筐上了车。一个厚嘴唇、金鱼眼、吐字含混不清的售票员小姑娘咕哝道："老伯，买票。"

　　蒋宜焕把箩筐叠好，指了指自己斑白的发鬓，细声细语道："姑娘，你看我，过年就七十岁了。"

　　姑娘把饱满的眼睛再睁开点儿，咕哝道："老年证？"

　　蒋宜焕不慌不忙道："老年证今天忘了带，我每天都坐车，你该认得我。"说着饶有兴致地指着自己的面孔，好像指着一个万花筒。

　　姑娘对蒋宜焕一张干巴巴的脸显然没有多大兴趣，有气无力嘀咕道："没有老年证就要买票。"

　　车子已经开动了，老蒋换了一副笑脸，道：

"要不这么着，这车里垃圾这么多，我给你拾掇拾掇。"

老蒋蹲下身子，稳下重心，把沾着鼻涕的卫生纸、糖果塑料和烟头，一股脑全丢到自己的箩筐里，如释重负地站起来。

"老伯，买票吧。"姑娘像个柔软的机器人，就说那几句话。

"真的，春节我儿子就要给我过七十大寿了。"见姑娘不依不饶，老蒋真诚道，"你相信我！"

姑娘点了点头，很费劲地说了一句长话："我相信你，但没有老年证就要买票，这是公司规定。"

老蒋脑补了一下姑娘的逻辑，咧开嘴笑了，抓住栏杆循循善诱道："你看，道理是这样的，老年证是用来证明我是个老年人，是老年人就可以不用买票，可是你现在已经相信我是老年人了，那就没必要用老年证来证明了。如果你现在还要我买票，就证明了老年人还是要买票的，这才是违反了公司的规定。"

　　周围的乘客完全被雄辩的老蒋征服，面带微笑地转头闲看这场交锋。姑娘张大嘴巴愣愣地看着老蒋，老蒋的逻辑完全突破了她的理解力，她已经无法辩驳下去，但愤怒使得她必须反击，她涨红了脸指着箩筐道："你不买，它也要买。"

　　老蒋笑眯眯道："姑娘，不要着急，箩筐也不占座位，没有买票的道理。"

　　姑娘道："它占了空间，这是公司规定。"

　　"现在车上没什么人，所以我就放在车里，要是车上有人呢，我就把它吊到车窗外面，所以它其实是不占空间的。再说了，我每天都这么来来回回的，从没给箩筐买过票呀。"

　　姑娘愣愣地盯着老蒋，似乎觉得再说什么话都是多余的，突然圆乎乎的五官挤在一起，眼泪从肉壑间涌出。

　　老蒋一看慌了，道："姑娘，别哭别哭，有话好好说。"

　　姑娘委屈地哽咽道："你不买票，就要罚我的钱，我第一个月工资还没发到，就要被扣钱了，我怎么这么倒霉呀。"

"你别哭，让我想想办法，好吗？"

姑娘被老蒋良好的态度折服，脸上云雨一收，静静地看着老蒋，期待老蒋有个良策，使得她的工作也有个良好的开端。

老蒋闭着眼睛，神飞天外，似乎在构思这个国家的未来。下一站快到了，姑娘忍不住满怀期待地问道："你想出来了吗？"

老蒋叹了口气，睁开眯着的眼睛，点点头，道："嗯。"

"那就买票吧！"姑娘左手拿着票夹，右手伸出来。

"不！"老蒋轻轻地阻止了姑娘的手，收拾起扁担和箩筐，下车。

下车之后，再走两站地，到达螺蛳湾村。其实年轻的时候，进城全靠两只脚，走也不到一个小时，现在路越好脚板子越娇贵了。这条路自己也走了近一辈子了，走着亲切，壮年时挑东西进城的感觉都能回味出来，比坐车还要舒坦。老蒋就是这么个细腻人。

　　老蒋一进家门，村主任就从里头迎出，握住蒋宜焕的手，道："宜焕叔，你可回来了。"这让老蒋恍然觉得自己是进了村主任的家。

　　村主任是个四十来岁，身板挺拔，气宇轩昂，一年四季几乎都穿西装的中年人，平日里比较威严，但在某些时候会满脸笑容。此刻，老蒋几乎被他的笑容融化了，心中陡然一惊。

　　村主任后面还跟着几个人，分别是村书记、调解委员和通讯员等，这是村里重大事件的标配人马。村主任紧紧握住老蒋的手，好像要把领导的温暖通过手掌深深地传达："是这样的，螺蛳湾要拆迁了，过阵子会有工作人员来丈量屋子面积，我先招呼一声，到时候你们家可要配合。"

　　"哦。"老蒋一直没缓过神，"那，这个，赔偿方案是怎么的？"

　　"你这房间面积多少，回头赔你多少楼房面积，楼房，住得舒坦，你早该住楼房了！"

　　"这个，能赔多点吗？"

　　"这是国家规定，咱们也没办法，咱们只

能遵纪守法，是不是。"村主任气场很大，说的话叫人无法反驳。

老蒋沉默不语，他是个不善于与人顶撞的人。

"怎么样，有什么意见吗？"村主任率领的人马虎视眈眈，只要老蒋提出任何一点异议，就会被四五张嘴驳回。

"意见？哦，就是，要是住楼房，我这锄头呀、粪桶呀、箩筐呀，到时候都不知道放哪里了。"老蒋嗫嚅道。

"到时候用不着这些东西，到楼房里开着空调，看着电视享福去吧。你两个儿子，你该有这福气！"

村主任看已把老蒋搞定，率领人马浩浩荡荡便开往下一家。临走时吩咐道："两个儿子回家，你做做他们的工作，这是政治任务，组织相信你，宜焕叔！"

老蒋蹙着眉头，默默无语，拿着一把铲子，把头探进只有肩膀高的鸡窝，开始挖屎。鸡屎已经堆积了棉被那么厚的一层，与泥土融为一体，你中有我，我中有你，发出刺鼻的能把人瞬间熏倒的恶臭，却令老蒋心醉神迷。老蒋舍不得，只铲了薄薄的一层，搁在土箕里。这种陈年鸡屎是菜地里的灵丹妙药，头天一上肥，第二天菜就噌噌往上长。老蒋用一辈子的经验告诉我们，在各种牲畜家禽的屎中，这种干巴巴的，像云片糕一样可以一层一层剥开享用的鸡屎，是屎中之王，完爆大名鼎鼎的狗屎、牛粪、猪粪、马粪以及产量最大的人粪。老蒋用鸡屎控制着每一片菜地的生长进度，这样可以让菜分批长大，一茬一茬地收割，和大儿子春生一块运到东湖市场摆摊。

黄猫老七兴奋地跃上鸡窝顶棚，老化的油毡毯子"噗"地被踩一个洞，猫警觉地把脚收回来，饶有兴致地看着老蒋与鸡屎搏斗。老蒋可不乐意了，探出头来用富含屎味的手抹了抹额上的汗珠，训斥道："老七，鸡又没跟你过不去，你把鸡窝踩漏了干什么，没见你这么欺负人的，鸡要生蛋，又要拉屎，你让它感冒了怎么办？你倒是啥都不干，连老鼠来偷鸡蛋也不管了，还好意思大摇大摆地看我干活。早知道你这么捣乱，把你扔外面去当野猫，四处流浪，没得吃没得住，弄不好还给人炖汤喝，看你还嚣张不！"

　　大部分时间老蒋其实是个沉默寡言的人，他倒是习惯于在动物们面前唠唠叨叨，讲各种道理，因为动物们从来不反驳他，更不会强词夺理。讲了这一通后，老蒋觉得自己莫名的郁闷舒畅了点。老七听得出老蒋嘴里没好话，"喵"地回应了一声，悻悻地跳下来，踱着猫步去别处找乐子了。老蒋找了一块塑料布，小心地把鸡窝顶棚蒙上，用砖头压住，细心如在敷自己的伤口。他提着半箕块状鸡屎，去照料自己的菜地。

　　老蒋有两个儿子，春生和夏生，年轻时他计划生四个孩子，取名春夏秋冬，但老婆肚子不给力，加上后来政策不让生了，他的梦想完成了一半。但这一半的梦想就把他这辈子折腾得够呛，两个儿子的婚事倾注了他毕生的心力，把他榨成一把干巴巴的骨头，还好这根骨头还算硬朗，虽然不能干重活了，但种菜、养鸡这种活儿还是麻溜。两个儿子婚后分家，老蒋的屋子是传统的前后厅的小厝，春生分左边一溜，夏生分右边一溜。老蒋跟着春生过，婆娘跟着夏生过。老蒋曾经想，当初要是再生出一个儿子，就不知道这个家怎么分了。

有时候，他确实会担心一些还未发生过的事。

春生原来是泥瓦匠，这几年城乡大兴土木，泥瓦匠颇为吃香。遗憾的是，去年春生被查出水泥过敏，只要一干泥工，回来就浑身发痒，什么药都不管用。无奈之下，便改行做了菜摊小贩，凌晨老蒋和春生把自家以及收购的菜拉到东湖市场，老蒋打下手，十点菜市场人少了，老蒋便挑着箩筐先回家，喂鸡，上肥，抱孙子，织网，到堤坝去敲海蛎，不管是男人的活还是女人的活，老蒋样样拿手。

他只有一件事终生学不会，就是烧菜。

三

"只能赔钱了！"孙安凑指着地上的玩具小汽车，一手牵着哭啼的小宝。

小汽车已经被狗屎砸得稀巴烂，瘫在地上奄奄一息。

孙细九仰着头，在数天上的白云。

孙安凑冲着他喊道："听见了吗？细九叔，赔钱！"

孙细九把神思从天上收回来，漫不经心道："哦，狗屎，人叫你赔钱了。"

狗屎还拿着砖头咧开嘴笑着，也许把整个地球砸烂是他最开心的活动。

孙安凑不耐烦道："细九，能不能别这么装傻，我是叫你赔钱。"

孙细九慢条斯理道："噢，叫我？赔多少？"

"原价一百八十五块，我有发票，你就按原价赔吧。"孙安凑不慌不忙，谈起钱来麻溜得很。

孙细九咯咯咯地笑了起来，露出乌黑的内牙槽，久久地暴露在日头下，舍不得合上。孙安凑不耐烦叫道："嘿嘿，你是装傻不成再装疯是吧！"

孙细九道："我家有什么值一百八十五块钱的，你直接搬走得了。"

"天哪，大伙有见过这样耍赖的人吗？"孙安凑开始号召群众批判了，"我这一活生生的小车就被砸烂了，他准备不赔了，村子里还有天理吗？"

这村子里没几个年轻人，晒太阳的多是老人家。老人家们围拢过来，睁开浑浊的眼睛，一边是正当年的一身油亮的孙安凑，一边是穿着破烂的朽木不可雕的孙细九，他们很容易找到正义的立场。

"嘿，欠债赔钱，损坏东西就要赔偿，这是天经地义嘛。"

"细九，你这样做不对，做人不能没有人品呀！"

群众的舆论让孙细九仰天长啸，愤然道：

"啊，你们就这样冤枉我，我是一个赖账的人吗？活了快七十了，我赖过谁？我的人品你们没看出来吗？"

晒太阳的佬黑叔听了这话，可不乐意了，道："你在我柜台上赊了十五块的账，拖了一年了都没还呢，你咋好意思说人品。"

"你三年前从我那借了五十斤红薯，后来压根儿就没提起过。"孙细路也趁机提出老账，他跟孙细九是堂兄弟，平时不敢提的，这会儿不说白不说。

"静一静，静一静。"孙安凑一副大将风度，将手压一压，口气由愤慨转平静道，"既然你讲究人品那就好办了。那些旧账小账先不提，你把这一百八十五块钱还我，我保证你有人品。"

孙细九摇着头，皱着眉，指着发难的一群老少，像对着一群不肖子孙一样叹道："哎，你们这么不懂道理，我真是没法跟你们讲。"

"啊，道理？天哪，你在跟我们谈道理吗？"孙安凑大吃一惊，道，"你能说说你的道理吗？"

"噢，你们听得懂吗？"孙细九怀疑道。

"试试吧，这里没有傻子。"孙安凌指着大伙道，他还是需要群众的力量。

群众睁开大眼，张着嘴巴露出漆黑的牙垢，洗耳恭听。

"我从来就没有不还你们钱，而是——没有钱还，懂不。"孙细九目空一切地指着大伙，"你们脑袋瓜能理解这两个不同的理由吗？恐怕很难想明白吧，这就是学问！"

"哦，那还不是一样的吗？"大伙舒了口气，原来还指望孙细九能说出什么石破天惊的道理来。

孙细九这人跟别的农民心思有点不一样，凡事他不爱老老实实地干，不走寻常路，满脑子都是高人一等的想法。大跃进的时候，别人种红薯，都种一片，他不，就种一株，当成宝贝疙瘩，所有的肥料把堆在这一株上，早上起来，就直奔地里朝宝贝疙瘩撒尿，功夫不负有心人，秋天到了，终于结了一个三十斤的红薯，扛到公社去比赛，获得第一名。

那是孙细九一生中最风光的时刻。

那一年，他爹被活活饿死了。

孙细九聪明的脑袋瓜里有无数种不安分的想法，这些想法基本上围绕着一个哲学观点：人生是有捷径可走的。遗憾的是，临老了，他还没发现可以填饱肚子的捷径，但这并不影响一脑子邪门的理论愈发炉火纯青。

孙安凑颓然地抱着头，蹲在地上，他被孙细九气坏了，他淡淡地严肃地道："咱也别讲道理，就讲钱，也别讲其他的钱，就讲这一百八十五块钱，你说吧，怎么赔？"

孙细九指着他批评道："我已经说过了，你真的没听懂？"

"你说什么呀。"

"我说过了，不是不还，是没有钱还，这么简单的道理我想只要你读过小学，就可以听懂了吧！"

"啊——"孙安凑用拳头砸着地面，号叫道，"你要不是个老头，我会把你打死的，打死你也不解恨。天哪，你爹怎么会生下这样一个祸害，我看你爹当年就不是饿死的，是被你活活气死的……"

孙安凑出去混了好多年，手下也有几十号人马，呼风唤雨的，可如今对一个老头，他气得只好把地面砸了一个坑。他是多么想把拳头照细九的头砸下去，可是理智告诉他，只要他敢动孙细九一根汗毛，孙细九的养老就有着落了。

孙细九冷冷地看着孙安凑抓狂，叹道："你看你骂到我爹了，我都不还口，我这人品怎么样，有目共睹！"

佬黑叔笑劝道："安凑，你别指望从细九那里赔钱了，他没气给你受就算施恩给你了。他欠我的钱，我死心了，心里倒是舒坦些。"

"不。"孙细九像魔术师一样举起手，一根指头朝天，道，"欠你们的钱，我都记在心里，一定要相信我的人品。现在有一个机会，我可以把欠你们的全还上，说话算话，这事全在一个人手上。"

"谁？"无数双眼睛又盯在孙细九身上，相信他很享受这种万众瞩目的感觉。

孙细九指了指孙安凑。

孙安凑霍地起身，挥起了拳头，他实在忍无可忍了，咬牙叫道："你这个老不死的，再消遣我，我打掉你的牙！"

孙细九警惕地后退一步，下意识做了个防守的马步，摆摆手道："先别动粗，我说的是正经事。"

孙细路拽住孙安凑，道："别这样，你听他说嘛！"

孙细九友好地朝孙安凑招了招手，让孙安凑靠近身边，道："你不是要带狗屎他爹去打工嘛，他没消息了，不知死活，你带我去，好不，我打工回来，把你们所有的债都还上，连你这小汽车的钱。"

"嗬，亏你想得出来。"孙安凑皱着眉，叹道，"就你这把老骨头……"

孙安凑话音未落，突然"啊"的一声，人已经摔到三尺开外。

孙细九把推手一收，上前几步，把孙安凑拉起来，道："你看，我这把老骨头怎么样，刚才我只用了五成力道。你们工地上做小工嘛，不外乎挑沙子、和水泥什么的，我这身手、这气力，还不够用？"

孙细九年轻时学过拳法，属于南拳，源于南少林，跟过路的行脚僧学的。因为这两下子，他曾经被械斗的村子请去当武师。这一招倒是显出几分功夫，大伙都开了眼，叫道："有两下子，能行能行！"

孙安凑站了起来，拍落身上的草秆，不服气道："光力气有什么用，你都不看看你多少岁数，我又不是组团去当乞丐。"

"我是今年七十了，但你看我像七十吗？"孙细九拍拍自己胸膛，嘭嘭响，突然转而哀求道，"安凑，你带叔叔去，叔叔吃得消。我赚一笔钱回来，自己过七十大寿，到时候请你们喝酒，白喝。我五十没过，六十也没过，我也没指望能活到八十，我就想七十过一次，死都死得开心。安凑，求求你了……"

孙细九长得粗黑，特别是头部，像乌龟的头一样突出且粗壮，三四十岁的时候，就长得像五六十岁，如今要七十了，也长得像五六十，岁月对这种粗皮糙肉的人，有时候真是一点办法都没有。他哀求的时候，像一只垂死的野兽，凶巴巴的眼里露出楚楚动人的哀伤。

孙安凑看到他的眼神，心中一软，气呼呼道："我脑袋被驴踢了才会带你去！"

四

螺蛳湾是宁川市区的东部，原来只是海边滩涂的一块高地。大潮的时候，四面都被海水包围，如果不是有几棵大榕树，你会误以为整个村子只是一片小舢板，随时被海水卷走。村子常年缺淡水，世世代代村民们一辈子都要跟淡水搏斗。他们很不明白先民们为什么要定居于此，唯一的解释就是逃避苛政。

一九七九年，金马海堤合龙成功，螺蛳湾终于不再受海水包围，周围的滩涂全部变成田地和池塘。宁川市原来像一个萎缩的老二，现在开始向东部膨胀，慢慢地把原来被海水浸泡的滩涂变成学校、厂房和宿舍，进入二十一世纪后，它突然像服了春药一样，向东部"噌"地迅速勃起，企业的圈地，楼盘的开发，朝东部势如破竹席卷而去，疯狂地蹂躏着一个个村庄，一片片湿地。螺蛳湾被马尾松和榕树掩映着，被三角梅和美人蕉打扮着，被稻田、菜地和池塘包围着，被海风轻拂着，如一个柔顺的少女，躺在地上张开双腿，眼角默默地流出泪水。

政府的赔偿方案让村里骚动不已。晚上聚集在村头老木的理发店，一个个义愤填膺，有的发誓不会搬出，有的讨论如何增加赔偿方案。当然，所有人都清楚，他们只会在这里咆哮。一出了这个村子，他们决计是拿不出底气的。老木虽只是个理发的，几乎没有离开村子半步，却是最见多识广的人，他一边熟练地挥舞着剃刀，一边提议道："你们在这里泼口水有什么用，你们统一下意见，找村主任说理去！"

众人觉得很有道理，很快有人回来汇报，村主任这些日子根本没住在家里，在市区的房子里住。这两年，村里被征了大量田地，赔偿款被村里截留不少，据村民估计，主任个人贪污达到两百万之多。村里群情汹涌，有人写大字报贴在街上，写信上告，主任一看势头不对，像鸟一样扑棱一声飞走了。后来风头一过，他又飞回来了，基于两点：第一，他贪的每一笔钱，上头领导也必有一份，他们互相罩着，没事。第二，目前的政法监察能力覆盖不到村这一级，村一级的贪污腐败大可高枕无忧。村民们也意识到这一点，再也无法对他如何了。主任在村里口碑很差，但气场很大，谁也不会当面骂他。他明白这个道理之后，决心把最后一届村主任狠狠地干完，直到这个村子被夷为平地。

话题转移到骂村主任之后，大伙就更热烈了。是呀，村子拆迁以后，哪还能找到这种地儿把大伙集中到一起痛痛快快地骂一个人了。只有春生默默不语，任老木的手熟练地在他头上拾掇，突然间，春生"啊"的一声，鬓角渗出一条血丝。老木举起剃刀，道："哎，这是咋啦，我干了三十来年，还没让人出血过。"他拿过毛巾擦春生头上的血，问道："疼吗？"春生道："挺舒服的。"

春生继承了老蒋的性格，不太言声，有什么事喜欢闷在心里默默地想。他从闹哄哄的理发店出来，回到家里闷倒在床上就睡着了。凌晨四点的时候，天边出现鱼肚白，老蒋蹑手蹑脚地在春生房门外叫唤道："春生，起来摘菜了。"

春生翻了个身，回道："今天不去卖菜了，今天开始盖房子。"

"啊，房子不是要拆了吗，还盖？"老蒋大吃一惊，春生这孩子虽然有主意，但也不能说这没头没脑的话呀。

"你去睡觉吧。"春生懒懒地应了一句。

老蒋没有继续睡，他打开大门，吸了一口凉丝丝的空气，觉得有点儿冷，便加了件衣服，去菜地浇水。他寻思，春生说在哪盖房子呢？是把哪块自留地盖起来？村边的田地都是征地的范畴，不可能重新建房。倒是桂山那边有一块自留地，靠着山边建一栋房子，用篱笆围个院子，养鸡种菜，那倒是不错的选择。独门独户的，没有人会来那里打扰。他可以在那里一直干着农活，干到死为止，死了必须埋在菜地里。他的灵魂可以每天感知菜叶的生长，那是一种多么幸福的死。想到这里，他兴奋起来，给每一棵菜浇上一勺水，就如与它们对饮。那绿色的透明的叶脉里，他看见菜的血液在欢快地流动。

老蒋浇菜除草回来，春生正在茅坑里一边拉晨屎一边呼吸清凉的空气。

"春生，你准备在哪里盖房子？"老蒋问道。

"大门前，我量了一下，有六十平米。"春生皱着眉头挤屎，一边艰难地回答。

"啊？！"老蒋大吃一惊，他喜滋滋的梦想破灭了。

"建赔偿房，我心里有数。"

大门前到马路，大概有六米的距离，房子宽有十米，总共有六十平米，春生决定建成两层，这样按照规定，就可以赔偿一百二十平米，相当于一套楼房了。这种赔偿房用料极其简单，造价也便宜，用模板和水泥，钢筋用的极少或者可以不用。赔偿房建了不是用来住，是用来拆的，它的出生便意味着死亡。

在茅坑与远处的大海之间，老蒋傻乎乎地站着，似乎真的傻了。

"你怎么啦?"春生边系皮带边问道。

"我，我想。"老蒋有些支支吾吾，"我想到时候能不能在这里摆寿酒。"

在自家的大厅里摆寿酒，亲友们都来祝贺，那是老蒋梦寐以求的事。那也是他向人们列出的一张人生的成绩单：我培养了两个儿子，都成家立业了，古稀之年，三代同堂，孝子服侍，我福寿双全，人生足矣。

六十岁的时候，老蒋的两个儿子还没有结婚，他没有摆寿酒，他觉得成绩还不完满，不足以展示。

"如果春节还没拆，就在这里摆上。"春生淡淡道。

"如果……拆了呢？"老蒋惴惴不安问道。

"你问我我问谁呢，都不知道搁哪住呢。"春生悻悻道，"今天我跟夏生买材料去。"

老蒋落寞地看了看远处的海。

他决定吃一顿饱饱的早餐，度过这个平静而难过的早晨。

整个村子就这样骚动起来，对付拆迁的方式就是抢建。所有的人都扔下手里的活儿，可以加层的房子就加层，可以建设的空地就建设。更多的是投机取巧的抢建方式，把猪圈翻修一新，把猪和猪粪清理出去，整得像个人住的地方，好交涉赔偿。把破败塌陷的老房子重新加上梁子，盖上水泥瓦。农民发挥出无所不用其极的智慧，就如来了一次新的大跃进。

五

孙细九变成一只小小鸟，从风吹萝带的云端间飞呀飞，飞过树林，飞过河流，飞过鞋带般细小弯曲的公路，沿着命运般的彩虹，往海边飞呀飞，他看到琳琅满目的城市，就像花花绿绿的钞票一样鲜艳，他的小心脏扑通地跳了起来，就要承受不住了大叫了。孙安凑拍了拍他的脑袋叫道："到了。"孙细九吓了一跳，睁开眼睛，把流得很长的口水吸了回来，跟着孙安凑下了车。

"酒池、前窟、黄巾坞，马上发车，去不去。"车站外拉客的举着大牌子，声音此起彼伏，嘈杂如鸟叫，让孙细九睡意全消。

"去地隅吗？一人二十，马上就走。"一名皮条客拉住孙细九，热情得像久别重逢的老朋友。

孙细九使出一招"敲山震虎"，将来人挡了出去，背着铺盖，追上孙安凑，问道："这么多人扯着嗓子，能挣钱吗？"

"你以为呢，挣不少呢！"孙安凑白了他一眼，停在路边举起手来。

"世界太能耍了！"孙细九兴奋地叫道，"还好我年轻，要是再过十年出来，我可就没机会了。"

孙安凑疑惑地看了他一眼，抬手叫住一辆三轮车。

孙安凑的工棚在城中村古溪。孙安凑原来也是一名泥瓦匠，在古溪村抢建的风潮中，他凭借熟络的人脉，一举跃升为工头。他可以同时包揽下四五栋房子，游击开工。包揽不是承包，材料由东家自备，他也不包工，只是包工人，按天计酬。因为抢建是一种特别有风险的建设，很可能你第一天施工建设出来的部分，第二天就被清违办给清理了，所以无法承包。但是按天计酬的提成已经足以让孙安凑的收入翻了几番了。工棚是一间大房子，原来的米厂，里面铺着一块块木板，用砖头架起来，就是床了。孙安凑指着一块木板道："你就睡这儿吧！"

孙细九皱起眉头，道："这个条件很一般呀，跟家差不多。"

孙安凑冷冷道："等你挣钱了自个儿住宾馆去。"

孙细九听不出讽刺的意味，信以为真，道：

"哎，那敢情好，非得把宾馆的床睡塌了再回家。"

下班时分，工人们三三两两回来，大部分是来自四川、贵州的年轻人，在水龙头那里边洗脸边说粗话。本地的小工有的是活干，孙细九控制不了他们。做饭的香阿婆咚咚咚地敲了敲铁盆，叫道："开饭喽！"工人们像一群听到叫唤的小鸡，拿着饭盆铺了过去，几个回合之后，一大铁盆菜就露底了。

孙细九满足地端着一盆饭菜，边咀嚼边对香阿婆道："这菜炒得不错，就是味道淡了点，盐巴不值钱，可以多加点。"

香阿婆笑道："你们有的喜欢咸，有的喜欢淡，有的喜欢辣，有的吃不惯辣，我哪里顾得上，盐巴有的是，你自个儿加去。"

"那倒是，我们家只用盐巴，不用其他调料，不过你这里有其他调料了，盐巴少加点也情有可原。"

"只用盐巴也能做菜，你这手艺可真不赖。"香阿婆恭维道。

她六十岁了，就这古溪村的，兼着这儿做菜做饭，赚几个小钱。

"那可不，等我有空了，露一手给你瞧瞧。"孙细九道，"我做菜主要是讲究火候，比如水煮土豆，需要把土豆煮成泥，搁点盐巴，既能当菜，又能当饭，吃个一年四季都不厌。"

孙安凑见他口水横飞，道："你是来这儿做工还是泡妞呢。"

孙细九不搭理，道："我们研究点菜谱而已。"

孙安凑道："你也不嫌寒碜，今儿早点休息吧。"

次日一早，香阿婆拎了一大袋包子和豆浆，搁在石台上。工友们像饿了一夜的狼扑上去，然后陆陆续续地奔赴自己的工地。孙安凑对一手拿着包子一手拿着砌刀的泥瓦匠阿平道："你把他带走吧。"

阿平一口包子差点没吐出来，指着孙细九："你说他？"

孙安凑满不在乎道："你看他多能吃，力

气大得很，做小工没问题。"

阿平迟疑了片刻，点了点头。孙细九嘴里一个包子，手里一个包子，兴奋地跟在阿平后面，好像不是去出工，是旅游。

傍晚回来，孙细九因为掀开了在都市打拼的华丽的第一章兴高采烈，阿平把孙安凑拉到一边，皱着眉头道："明儿别让细九跟着我了，东家唠叨一天了。"

"咋了，不利落？"

"你看他两鬓斑白的，东家说你叫一个七老八十的人来，明儿要是有个三长两短，谁负得起责。"

孙安凑仔细瞧瞧孙细九，平时看惯了没注意，冷不丁一瞅，这才发现两鬓白里带黑的头发长得太不像话了，赤裸裸就暴露了年龄。换成谁是东家都不舒服。

"这个，要不戴个帽子啥的。"孙安凑脑子转得快，很快找到了解决方案。

阿平摇了摇头，道："他耳朵也不灵光，使唤他笨手笨脚的，哎，毕竟上年纪了，让他回家歇着吧。"

孙细九正在兴奋地跟香阿婆讨论什么，老家伙无忧无虑的，正在为崭新的生活而雀跃不已。孙安凑瞧了他一眼，不忍心去打断他的美梦。

次日，孙安凑还在棚里睡觉，孙细九冲进来道："阿平说小工满了，怎么办？"

"满了就不去呗。"

"不出工我哪有工钱？我又不能跟你一样来睡觉。"孙细九理直气壮道。

孙安凑火了，一个鲤鱼打挺坐在床沿，点起一根梅花，一口喷向孙细九道："你出去照照镜子，头发跟雪似的，哪个东家敢要你？你还以为你是香饽饽？"

孙细九愣住了，眨巴眨巴眼睛道："哦？！"

他转头出去，洗脸架上有一面裂成两瓣的镜子，照的时候人的面部像被雷劈了一样，但并不影响观看头发的颜色。孙细九怔怔看了良久，跑进去跟孙安凑道："还真是，什么时候白头发长起来也不知道，他娘的，早不长晚不长，偏偏这时候长，不是跟我对着干吗？操，要逢着我年轻时那暴脾气，非把头砍下来不可！"

孙安凑没有搭理他，继续吸着烟让脑袋醒醒。

"不过，既然你把我带出来了，就给想办法给我派活不是，我是出来挣钱的！"孙细九咄咄逼人道。

"你他妈的有没有搞错，我说你不行，年纪太大了，是你死活缠着我，缠到都不让我上厕所，你糊涂到这个都忘了？！"

事实是，孙安凑根本就拒绝他了，但是孙细九联合了佬黑叔和孙细路央求，把孙安凑像揉面团一样揉来揉去。佬黑叔和孙细路也想让孙细九出来一趟，他们的欠款也就有着落了。孙安凑嘴巴一软，孙细九就像擦不掉的屎一样跟出来了。

孙细九默默地走了出去，到镜子前默默地看着自己，如一个自恋的美少年。

孙安凑抽完烟，穿上鞋子，决定去工地转

一转。孙细九突然闯了进来，兴奋地指着自己的头道："你看看，是不是年轻了？"

孙细九两边的鬓发被墨汁染了一遍，如两条柏油路从脑后转出，朝前额漫无目的奔去。皑皑雪松，被碾得踪影全无。

孙安凑看了看，皱起眉头。

"你说，是年轻了十岁，还是二十岁？"孙细九还在为自己的创举而高兴。

孙安凑不耐烦道："是年轻了，但不像个人了。去洗洗，醒醒脑子。"

孙细九从热情的顶峰跌了下来，这一跤跌得不轻，使他整个人郁郁寡欢。他带着一张郁郁寡欢的脸，走到街上，街上的人忙忙碌碌，似乎每个人都有事做，都跟地球一样不停地转动，只有俺老孙，被世界遗弃了。在街边的一个纸摊前，孙细九停住了，与一个胖子四目相对。胖子道："算命？"

孙细九疑惑地看着他，问："我会发财吗？"

胖子盯着他，道："从面相来看，近期会

有一笔小财。但是更要命的是，不久将有血光之灾，如果想避灾，交钱我才跟你说下文……"

"骗子！"孙细九冷冷地留下一句话，头也不回地走了。

孙细九像只从森林里出来的豪猪，在大街上左突右奔，满心好奇，直到把心情逛爽了，他才回到工棚，帮香阿婆择菜洗菜。

香阿婆道："你这么勤快咋不出工？"

"城里人没良心，居然说我老了，这话你信吗？"

"老是比他们老一点，但有手有脚又勤快，能干着呢。"香阿婆夸道。

"毛泽东、邓小平，在我这把年纪，都在干大事呢，我有什么资格退休？"孙细九拍拍胸脯，激动起来。

"那也别跟国家领导人比，会犯错误的。"香阿婆看来是有点觉悟的老人。

"这辈子没能早点出来，是我犯的最大的错误。"孙细九悔恨着，恶狠狠地把青菜撕开。

"你这身子骨这么硬朗，还有什么后悔

的，我那老头有你一半就好了，这几天又在床上病歪着，怪我不伺候他。"

"哦，老伴病倒了，那你得回去伺候，没什么比身体更要紧的。"孙细九滴溜溜转着眼睛，一副悲天悯人的样子。

"我走了，这十几口，谁给弄饭吃？"

"这事就这么定了，我来。"孙细九斩钉截铁道，"你不能为了这几个钱，把老伴撇家里不管了，这不能呀是不是，你把这几个小钱给我挣不就行了……"

孙细九口沫横飞的时候，孙安凑慢慢踱过来，轻轻问道："要不，我给你路费，你回去？"

孙细九瞪大眼睛："不，算命先生说我会发财的。"

孙安凑的手机响了，一看手机显示，懒洋洋的表情一收，神色严肃道："哦，高主任，你好你好你好你好你好……"

<h2 style="text-align:center">六</h2>

高主任一进办公室，便把公文包搁在桌子

上，脱下深灰色西装，小心挂在墙钩上。他又用洗手液洗了手，用纸巾把每个指头的缝隙都擦拭干净。

他从办公桌的抽屉抽出三支香，点上，恭恭敬敬地朝书架上的一个菩萨像鞠躬，嘴里念念有词，把自己的心事全盘托付给菩萨，然后把香插在小香炉上。办公室弥漫着一股清幽的香味，使人心神俱迷。

这是"清违办"，牌子的全称是清理违章建筑办公室。你也知道，它是个临时机构，清违办的高主任是从政协借调的，其他的成员分别是市宣、市委办、农业局、教育局、城管借调来的，组成一个临时的班子。虽说是临时的班子，工作只怕比市里任何一个部门都要艰巨。

不一会儿，清违办的其他成员就陆陆续续上班来了，一个个睡眼蒙眬的，有的打着呵欠，有的啃着馒头。

高主任把西装穿上，把一包中华烟往桌上一扔，道："这一段大伙的工作都是非常非常辛苦，没日没夜的，但是还要继续累下去，这一点要有心理准备。说下具体工作，雷股长追悼会，由陈巧英负责参加，我就不去了，一定要跟他的家属以及农业局的领导沟通好，毕竟是在我们这里殉职了。一个前几天还有说有笑的同事，突然间说没就没了，这事我想起来就肝颤，我回家说这事，我妈说，孩子，是你们坏事干多了，报应。我妈是信佛的。我说，妈，我们拆的是违章建筑，政府规定要拆的。我妈说，佛才不管你是不是违章，人家花的是自己的钱，房子盖起来好生住着，谁也没碍谁，你把人家拆了算什么事呢，让人去买高价房？佛就是这个理。我妈给我一个延命观音像，延命观音是保护老百姓百毒不侵的，要我每天需要干什么工作，都跟延命观音讲清楚，不然就受她惩罚。虽说咱们党员不能讲迷信，但是这也是一个心理安慰，大家可以谅解。我估计追悼会我一去，这心脏就受不了，到时候又得休假……"

雷股长是农业局调过来的干部，一次晚上执行拆除任务时，在现场猝死，当时没有任何人跟他有什么接触。法医鉴定的结果，是过度疲劳引发猝死，在这之前他已经四个日夜连续工作了。这一事件对清违办的每个人，都是一个士气的打击，每个人心有戚戚，都有各自的想法。

高主任声音有点哑，喝了口茶，清了清嗓子道："第二个问题，以后拆迁要多加人手，聘用工人，出动一定要八个人以上，以免受到村民或者户主的攻击。老百姓很精明的，看你人少，没有武器，什么事都敢干，我们一定要增加自身的保护。增加人手的经费已经有着落了，工人在小孙、小武那里有，我已经跟几个工头都沟通过了，手下都是四川、贵州等外地人，符合我们的用人标准。第三，对古溪、后港的抢建行为继续监督，领导给我们下达了新的指令，下个重点目标是螺蛳湾，抢建的都是赔偿房。领导的目标很明确，绝对不能让一间赔偿房得逞……"

螺蛳湾的抢建与清违办之间，形成一种游击战。如果你是远方的游客，有幸经过螺蛳湾，就会看见村口站着哨兵。哨兵一看见拆迁办的车，消息马上传到村里。正在忙碌的工人，一下子四散而去，像水倒在地上消失了。清违办的人走后，一个个像从洞穴里钻出来，继续施工。政府通过村主任告诉村民们，现在抢建的房子不算，政府只会按照 2007 年航拍的房屋图片来赔偿。但这并没有阻止村民抢建的热情，他们的经验认定任何一项政策都是泥塑的，敲敲打打就能改变。

老蒋家的赔偿房被拆过两次，一次是在搭建模板后，模板被拆除；另一次是浇筑第一层水泥后，柱子又被捶打了一次。但在春生兄弟不屈不挠的坚持中，二层小楼终于盖起来了。为了躲避拆迁队，两次浇筑水泥都是在下半夜完成的。下半夜的时候，村里一派灯火通明，水泥搅拌机嗡嗡作响，村里之前从未有这般热闹的夜晚。春生自己是泥瓦匠，封顶之后，他自己再砌上砖，就是像模像样的房子，可以照面积赔偿。

老蒋十分心痛。他独自走到对面的棋盘

山，山不高，面对大海，原来满山都是庄稼地，现在荒芜了，野草与灌木让整个山头充满野性。他走到自己的自留地上，想象在此建造一栋木头房子，安安静静，就与家禽菜地一起，没有任何人打扰，直到老死。一阵海风吹来，老蒋一激灵，睁开眼睛，满目荒芜。

　　结婚、生子、起房子、做寿、建坟，这是在老蒋看来庄重的人生大事，每一样都代表你活着的价值。在老蒋的预期中，他一生的努力，是可以获得这五件大事的圆满，他可以在临终前叹一声：足矣，然后安然走向彼岸，接受众多魂灵的祝福。但是，现在在建一栋要拆掉的房屋，这事完全毁掉老蒋的三观，世界上不会再有比这更别扭的事了。老蒋的心呀，就像被一窝虫子挖呀挖，挖空了。

　　但是，他七十了，家里的事已经由儿子做主，他只能打打下手。对于这个疯狂的世界，对于未来，他担心的是，以后自己的锄头将放在哪里？

　　他扛着锄头，缓缓地走下山去，天色还早，

他走到自己绿油油的菜地。村子拆迁之后，这片菜地也是政府规划征地的范畴，到时候，这一片肥沃的土地，都将变成水泥地面。

他左看看，右看看，在自己浇菜的水坑里，几只蝌蚪正在气若游丝地浮游着。今年气候反常，大冬天里蝌蚪不知道什么时候被孵出来了，毕竟温度不到，在水面作死般浮着，偶尔一动，才看清是个活物。它的命运，指定是抗不过严冬的。老蒋对田间地头的每一样活物，都了解得一清二楚。老蒋擦了把泪花，用锄头在水坑和大水塘之间挖出一条沟来。以他的经验，夜里气温下降，较深的水底能暖和些。

孙细九坐在一截木板上，靠着门框打盹。他已经代替香阿婆做了半个月厨师，初到城市的抽筋劲儿已经过去，他已深知，以自己的条件，想融进这座鱼龙混杂的城市，无异于想把一根木棍插进木头里。当他明白自己连那个拙劣的算命师都不如，他就彻底颓了，这股颓劲有利于他在早上八九点的太阳照射下，昏昏然进入不知所终的混沌状态。他梦见了自己在街上碰上狗屎他爹，他说："儿呀，你跟着安凑混吧，替我争口气。"狗屎他爹木然地点了点头。孙细九兴奋道："那我就回村里去了，我回去把狗屎养得壮壮的。"狗屎他爹面目模糊地点了点头。孙细九来劲了，道："记得春节带钱回来，我七十了。"狗屎他爹还是一个表情，点点头。细九不能确定狗屎爹说话算不算话，想冲上去摸他一下，一动，脑门磕门柱上，醒了。

清违办的高主任从车上下来，招呼道："都过来，赶紧上车。"几个已经在工棚里等待的四川小伙子一拥而上。高主任数了数人头，叫道："还有吗？一天两百！"懵懵懂懂的孙细九蹦起来，举起手："我去，我去！"高主任狐疑地看了一眼，道："行吗你？"

孙细九提起一把洋铲，像悟空一样舞动起来，虎虎有声，卷起一阵飓风，一瞬间飞沙走石，朝高主任逼去。高主任捂住鼻子，道："行了行了，上车吧！"

高主任在车上布置道："拆房子要往关键

部位砸，不能你们光砸，要看我的相机，我拍完照了，任务就算完成，我没拍照，你们就不要停！我们任务很紧，一次必须拆几座，我们不可能把一座房子全部拆除，所以领导只认拍照。另外，你们有的人可能没砸过房子，可能觉得不像人干的，但是你们一定要记住，你们代表的是市政府……"

孙细九似懂非懂地点了点头。

老蒋把水泥和沙子和匀了，堆成一个圈，圈里倒上水，用锄头耐心地搅拌。春生和夏生兄弟正在砌砖，他们认真得像在建自住房，卧室、卫生间、厨房，一切的设计让人不敢相信这是赔偿协议签完后就要拆掉的房子。春生的手机响了，他抽出沾满水泥的手，把手机放在耳边，"哦"的一声，道："拆迁队来了，先下去了。"

春生和夏生拿着砌刀下去，春生看见老蒋没有动，道："下去吧，要拆就让他们拆。"老蒋淡淡道："我搁这歇着，他们又不会把我拆了。"

老蒋坐下来，看见春生的半盒烟放在沙子旁，便点了一根。老蒋平时不抽烟，此刻他只是想让手里握着一样东西，就如人生需要一个知己。从二楼看出去，视野又开阔了，老蒋一生中主要活动的区域，尽收眼底。

底下一阵骚动，高主任带着人马上来了。老蒋把头从大海的方向转过来，与高主任的眼光一碰，两个人都想说点什么，但都止住了。此时无声胜有声。高主任言简意赅轻轻道："拆墙吧！"

孙细九抡起一把锤子，赶在两个四川青年前头，朝砖墙狠狠砸去。刚砌的砖墙软得跟面条似的，哗啦啦一声就倒下一片。孙细九心中一阵痛快，几天来的郁闷奔流而去，破坏带来的快感无与伦比，孙细九突然想起狗屎把玩具小汽车砸掉的那一瞬间，他在内心大笑起来，这么爽的事又能赚钱，天哪，把这个城市全部拆掉吧！

高主任调整镜头，从各个角度拍下了房子已被拆掉的证据，这些证据是清违办的工作报告。高主任查看了一下数码照片的效果，又看了看老蒋愤怒的眼神，叫了一声："走！"

既高质量地完成工作，又不引起节外生枝的冲突，这是高主任工作需要控制的节奏。高主任带着两个四川青年下去，但孙细九并没有下去，也许他没有听见，也许他还沉浸在快感之中不能自拔。

老蒋愤怒地朝孙细九喊道："够了！"

老蒋的声音终于打扰了孙细九，孙细九转过头来问："什么！"

老蒋道："够了，可以走了！"

孙细九带着笑意指了指自己的胸口，骄傲地宣布道："我是代表市政府的！"

说罢，继续认真地投入地尽职尽责地一锤子一锤子砸在墙上，砖头哗啦哗啦地掉下来，给孙细九带来无限的快感与自豪。

老蒋胸脯起伏，喘着气，在这一瞬间，他意识到自己这么多天的郁闷所在了。他举起锄头，一锄头甩过去。"乓"的一声，孙细九的快感倏然而止，他慢慢转过头，看了一眼老蒋，随即瘫倒在地。

一条暗红的、黏稠的血蚯蚓从孙细九脑后钻出。

七

四天后，老蒋迎着朝霞在东湖市场帮春生打下手。卖菜的人群中挤进两个大梦山派出所的民警小于和小曹。老蒋眼睛一花，随口问道："买菜？"

民警摇了摇头，从人群里伸进一副手铐。

春生会意，在老蒋耳边叫道："爹，快跑！"

一边是患难与共的儿子，一边是举着手铐的警察，老蒋很容易做出选择。

他坦然地平举起双手。

老蒋在人民群众惊诧的眼神中穿过护城河桥，突然停了下来，问道："他死了吗？"

两个民警面面相觑，不作回答，只推着老蒋往前走。老蒋像驴一样定住身子，道："如果他死了，你们就不用押我去监狱了，杀人偿命这个事我懂得。如果没死，让我去看看。"

小于打了一通手机后，带着老蒋来到人民医院的重症病房。

孙细九头部被绷带扎着，他的头从来没有像这样被一个东西紧紧拥抱过，让他如此温暖过，他在温暖中昏迷几天。现在他被一个声音唤醒了。他睁眼一看，是他在被击倒前没有看清楚的那张脸。

"我平时连只虱子都不忍捏死。"老蒋对着孙细九，像对着墓碑，郑重解释道。

孙细九虽然只剩下五官露在外边，谁也不能肯定他能否说话，终于在老蒋面前，他的嘴巴张开："可是你几乎打死我了。"

"这是个误会，我心里想打的不是你。"老蒋这几天的想法已经很清晰了。

"那么，你想打谁？"孙细九问道。

"不知道。"老蒋低着头，这个问题他想了几天一直没想出答案。

"你会赔我钱吗？"

"不会。"老蒋淡淡地回答。

两人无语，用眼神对峙着。在生死决战之后，互相默默倾诉衷肠。

"我七十了，什么都不怕。"老蒋由衷地掏出心里话。

"你属龙？"

"是呀，你呢？"

"我也是。"孙细九眼里闪过黯然的光。

老蒋眼里发出一阵喜悦的光芒，在他眼里，做寿的人是最大的。他仿佛找到了失散多年的兄弟，激动叹道："真的是……有缘！"

"有缘？你可要了我的命。"孙细九鄙夷道。

"我真不是想砸你的……你这人，都是寿星了怎么还出来干这事呢？"老蒋愧疚念叨。

"我喜欢这份工作。"孙细九无限眷恋地睁着眼睛，似乎在回味着砸墙的快感。不出这事的话，他也许能每天出去打砸，到年终能够剩个两三千，这个寿年指定过得妥妥的。

孙细九动了动自己的手，发觉还能抬起，

缓缓伸出，摸了摸老蒋的手铐，感受一下金属的锐利，疑惑道："这是真的吗？"

老蒋把手铐举到孙细九眼前，点了点头，一副如假包换的表情。

"该！"孙细九道，"你砸了我的头，还砸了我的寿酒！"

"本来，正月农历初五，我也要在家摆寿酒的。"老蒋抱着同病相怜的歉意道。

以孙细九的伤势，这个年肯定在医院耗上了，虽然现在的生活比他一辈子的生活都好，但是他实在不想在医院度过这么要紧的时光。他与老蒋缘分颇深，他还是对老蒋一百个不满意，如果现在不是举手投足都困难，指定要跟老蒋干一架，这从他的眼神可以看得出来。

这一点老蒋看在眼里，他用戴着手铐的手，握住孙细九留着血迹的手，道："到时候我叫我儿子给你送碗寿面，意思一下，哦，活了七十了，不做寿说不过去。"

孙细九双眼一翻，似乎被戳中痛处，突

然暴怒道："你是说我没有儿子吗？我也有儿子！"

老蒋没想到自己的好意却惹了马蜂窝，立马解释道："我只是……我的一点意思嘛，是吧，怎么说我还是对不起你的。"

"其实，我儿子不知道在哪里，也不知道狗屎饿死了没有。"孙细九只暴怒了一瞬间，一股悲伤就使他平静下来。

老蒋只听懂他一半的话，以一贯的耐心劝慰道："就是嘛，我让我儿子来照看你，七十寿辰，一辈子只有一次。"

孙细九像机器人一样笨拙地点了点裹得严实的头，内眼角突然渗出两点泪，颤抖着问道："你呢？"

"我儿子孝顺，他会到牢里给我安排的。"老蒋面带微笑，笃定地回答，仿佛说的是一个天堂。

小于和小曹听了半天，没明白两个老头到底要解决什么问题，怕节外生枝，催促道："走了走了。"

孙细九突然揪住老蒋，像一个饿疯的孩子揪住奶妈一样，饥渴地问道："你说，到底谁会给我赔偿？"

老蒋无以言对，他深情而遗憾地看了孙细九一眼，抬起镣铐，像抚慰婴儿一样用手指拭去孙细九眼角浑浊的泪星。

老人与酒

一

　　小王一进门，脸跟抹了狗屎一样，特别臭，径直走进卧室，脱下警服往衣帽架上一扔，没有扔准，警服掉在地毯上，像一个瘫软的灵魂。

　　小王并不在意，扔一袋不可回收垃圾一样把自己扔到床上。

厨房里，一个女人正在硝烟中激烈地战斗。她姓徐，是小王的妈妈，一个即将退休的中学老师，她与一锅辣椒搏斗了几个回合之后，辣椒终于被制服，软成一团，不再喷出辣椒水和辣椒雾。这时她听见小王的动静，用围裙擦了下眼角的泪水，麻溜儿走到卧室门口探头看了一下，用湿淋淋的手捡起警服，挂在衣帽架上，叫道："一回来就躺床上，上班又不是上前线……"一股焦味飘过来，她屁股着火般窜回厨房。

小王一动不动。

十分钟后，徐老师已经把几道菜服服帖帖地端上桌子，再次进来催促道："你看这工作把你累的，干革命不是一天两天的事，往后日子还长着呢，不用那么拼命……"

小王休克般不动，甚至连呼吸也不存在。

小王二十六岁了，徐老师还觉得跟六岁时一样，以一贯的耐心似抚摸又似拍着他的胳膊肘，温柔道："起来吧，再不吃饭就饿过头了，年轻时饮食不规律，到老了你就知道……"

"就懂得吃饭，让我待呆会儿不行吗！"小王突然闷声喊道，像从喉管里拉响了一颗地雷。

徐老师浑身一激灵，往后一跳，诈尸似的被吓着了，抚着胸口道："我的妈呀，你你你……真是了不得，刚当上几天警察，就长气性了。老王，你过来看看你儿子这暴脾气，是不是你遗传的！"

老王刚刚退休，正在适应退休的节奏，把一泡功夫茶颠来倒去地折腾，品尝第一泡茶和第二泡茶以及第三泡茶之间细微的差别。徐老师的叫声从他左耳登堂入室，大模大样从右耳穿出，不带走一片云彩。

徐老师没想到两头都不待见，怒气冲冲地回到阳台上，叫道："老王，你听见你儿子的话了没有，你该去管教管教他，我从小不是这么教育他的！"

老王把一杯琥珀色的正山小种递给她，道："你来尝一尝，这茶清爽，有地瓜条味，还有回甘在舌尖弥留许久，这才是正宗的正山小种。"

徐老师推开茶杯，道："我在说你儿子呢，你听见没？"

老王执着地把茶递给徐老师，道："你尝口茶，洗洗肠胃，好不？年轻人咱们别烦他。"

老王这么温柔，徐老师要是再粗鲁，也说不过去了，她把茶杯接过，一口鲸吸，咕嘟一声吞下去，似乎在浇灭她的火气。

"怎么样，我泡的茶不错吧！"老王仰起头征询道，一副欠表扬的样子。

"泔水味都不如！"徐老师果断下结论。

"你这真是……品位有待提高。"老王略有些尴尬地站起身来，"走走，吃饭去。"

老两口上桌，无声无息地扒着饭，像在对着食物的灵魂默哀。扒了几口，徐老师的眉头皱起，道："我觉得他不对劲。"

老王道："今天牛肉炒得嫩，火候恰到好处，等你退休了多研究下菜，可以顶上专业厨师。"

徐老师瞄了一眼牛肉，放下筷子，来到小王卧室。小王俯卧着，头埋在枕上，无声无息。徐老师把手指伸到小王鼻子底下探了探，有呼吸。由于火气过了，此刻她心中涌出万般柔情，伸出手抚摸了他的脸，突然间像摸着电门似的缩回手，叫道："你怎么啦？"

她打开台灯，幽暗的房间有了一处光亮，她看见他的脸涕泪交杂，一片汪洋，而枕巾，也是一片沼泽。

"儿子，谁让你伤心啦。"徐老师抱起儿子的头，就像回到他三岁的样子。

小王本来是在默默地流泪，此刻妈妈的柔情触动了某个开关，突然哽咽起来，泣不成声道："我……我被骂成狗……狗狗！"

徐老师瞬间就明白了怎么回事。

下午有一伙人到政府门口示威，是火车站边上九仙村的村民，政府调了一批武警过来维持秩序，人手不够，又临时从各派出所里调了民警过来，小王就是其中的一个。村民们情绪比较激烈，口出不逊也是意料之中的事。不过被群众骂一下，回来就哭鼻子，不能怪群众嘴太贱，还是要怪自己太脆弱，从徐老师的教育理念来说，让孩子受些挫折其实是好事。

"哎，被骂几句有什么大不了，你刚刚参加工作，太敏感，以后被骂多了，就习惯了。你爸以前被人骂什么你知道吗，比你更难听，被骂乌龟，乌龟比狗更低等不是，可你爸怎么着，淡定，根本不回口，因为我们怎么着都变不了乌龟。"

小王听着妈妈娓娓的劝慰，五官一紧，脸上恰如山洪暴发，"嚎"的一声道："可……可是你不知道……"

徐老师打断了他的话，道："我知道，现在社会乱，混口饭吃不容易，上次我学校里那件事，也没关我什么事，我也惊吓了好多天，所以，咱们都要更坚强。"

前几个月，徐老师所在的第五中学，一个初二学生被班主任批评，心理承受不了，在学校里跳楼了。家长带人冲到学校里，班主任逃之夭夭，替罪羊校长被堵在办公室，家长们合

力从窗口扔出来。但校长神奇般地从墙上攀援
而下，全身而退，学生们纷纷请校长签名：蜘
蛛侠。这件大事跟徐老师没什么关系，但还是
让目睹了整个过程的她心惊胆战，生怕自己怎
么就得罪了学生。噩梦醒来，都要老王抚慰到
天亮。大概吃了两个月天王补心丸，她的心悸
才好转。

徐老师觉得世界就像一片干燥的秋林，一
不小心就能着大火。咱们混在社会的，都得悠
着点儿。

别看小王长得壮实，其实内心像住着个女
人，特别敏感，对一些粗暴的事往往耿耿于
怀。这一点徐老师明白，更明白的是，她知道
这是儿子成长为男人必须经历的，转成笑脸接
着哄道："要是别人骂你一次，你就回来哭一
次，以后你就别当警察当林黛玉算了。"

小王腾出一只手来抹了把脸，吸着鼻子
道："不是别人骂我，是……是邱伯伯……呜
呜。"

徐老师脑海中瞬间浮现出一个熟面孔，面

目浮肿，一脸线条柔和的皱纹，见了徐老师，满脸的横瞬间转化成贱贱的笑。

"哦，那就更没什么好伤心，他天生就是骂人的！再说了，你是执行公务，又不是针对你的。"

小王点了点头，似乎要结束悲伤，突然间又号啕大哭道："可是这句话就像一根针刺在我心里，我好痛呀！"

"恶毒的老头，当年给他吃了多少水果，每次单位里分肉都分他一半，连用的搪瓷缸也写的你爸爸单位的名字，真是一点都不念情！"徐老师真的是气不忿儿。

"妈，你越骂他我越难受。"小王眼泪喷出来之后，反倒有些平静了，"你出去吃饭吧，我自己待会儿。"

徐老师叹了口气，回到桌上，轻轻道："原来是被他骂哭的，这个老流氓。"

老王终于有点好奇了，问："哪个老流氓。"

徐老师没好气道："老邱呀，他房子被拆迁了，就把气撒到孩子身上，他也不知道，这孩子从小对他有感情的，受不了这么刺激。"

老王正要把一口菜夹进嘴里，此时只好把菜停在半空，道："别叫人老流氓了。"

徐老师道："不是老流氓还是啥，干不正经的事，说不正经的话，一辈子没个出息。"

"人啥事也没干，叫人老流氓，你还是要为人师表点。"

"嘿，还啥事也没干？你说这话还像个男人吗！"

老王彻底把那口菜放在碗里，叹道："九仙村拆了，我也不舒服，何况他呢。"

小王终于从房间出来了，穿上警服，一身笔挺，跟那个哭哭啼啼的人儿判若两人。

"没吃饭你，你要作甚？"徐老师准备把菜再热一热给小王吃。

小王皱着眉头，指着自己的胸口："我要把这根针拔掉！"

"针？哦，你不会真的以为有这么一根针吧，那只是个比喻。"徐老师是语文老师，比喻在她嘴里念叨了大半辈子，没想到有人会把比喻跟现实混淆起来。

"不，真的有一根针，我要请他拔掉！"小王坚定地说。

"儿子，你怎么啦，要不明天我带你去测测智商。"这下把徐老师搞糊涂了。

小王根本没有理会徐老师的话，也没有打算理会一桌的饭菜，只是把目光在屋子中四处逛巡，那眼神真的像一只警犬。这可把徐老师吓坏了，问道："儿子，你怎么啦，你在找什么？"

小王突然把目光定在多宝阁上，问道："邱伯伯喜欢喝酒吗？"

"他呀，嗜酒是出了名的，酒是他的命。不过你可千万别让他喝酒，他血压高还脑血栓，医生说不能喝酒，已经戒酒好多年了。"徐老师边回答小王的问题，边观察他是不是又智障，"你能不能把老邱从心里丢掉！"

小王已经对老邱着魔了，又问道："那么他还喜欢什么东西吗？"

"他是一个农村老头，没有思想，没有情

操，他还喜欢什么，喜欢骂人呗，那可是他一辈子丢不掉的爱好——你快吃饭呀，都凉了。"

"晚上值班，有夜宵吃。"小王犹豫了一下，还是拎起多宝阁上的一瓶茅台。

这瓶茅台大有用处，徐老师警觉起来，站起来道："嘿，你想干吗，这酒要送给李敏爸爸喝的。"

李敏是小王的女朋友，徐老师千挑万选挑中的准儿媳妇，虽然是介绍的，但进入恋爱程序后，丝毫看不出介绍的痕迹，目前关系正在趋于稳定。

小王拍了拍酒盒子，嗤的一声道："瞧你说的，这种假酒，送给李敏爸爸，你不是存心要拆散我们吗？"

"假酒？"徐老师惊愕万分，"你拿回来的时候怎么没说假酒？"

"你想想，这种茅台年份酒一年产量才多少，光是特供的订单，都供应不过来，还轮到我们这些小地方。这种酒呢，就是酒瓶子好看，拿来送礼的，送过来送过去，谁也不会真的拿去喝。"小王振振有词，用徐老师的话说，小王的嘴巴就像年久失修的水龙头，有时候闸都关不住，有时候一滴水也弄不出来。

徐老师半信半疑，道："你说的也不是没有道理，不过咱们还是应该拿到国家规定的质检部门去鉴定一下……"

小王像拉动了身体的某个开关，在瞬间迅速穿上鞋子，跨出门后把门"砰"地关上，装了马达突突突奔下楼去，这可把刚从二楼迈向三楼提着菜篮子的龚大姐吓了一跳："小王，这么急，不是地震了吧？"

"不，龚大姐，帮我拦住我妈。"小王边叫边滚下楼。

龚大姐走到小王那层楼，正看见徐老师出门往楼下边张望边叫，龚大姐道："别叫了，已经跑远了。"

"嗨，这不听话的孩子，手机都没带呢，也不知道单位的夜宵能顶饿不！"徐老师手上拿着小王的手机，又缩回门里。

小王在楼下叫了一辆出租车。司机是青年

小瘦子，穿着花衬衫，可以肯定，他刚刚从一个游手好闲的职业转行为开出租车的。

"阿 SIR，去哪呢？"

"九仙村。"

"你确定吗？"

"九仙村。"

"九仙村都拆迁了里面不住人，你知道吗？"

"给我去九仙村。"小王不耐烦地暴喝一声。

年轻瘦子吓了一跳，一声不吭地踩一脚油门，快要报废的普桑怒吼一声，呼啸着一路杀过去。十五分钟后，就到了九仙村口。瘦子还是一声不吭，小王走了出来，从车窗外丢了十块钱进去，径直往前走。瘦子朝车窗外叫了一声："阿 SIR，有良心！"

严格说来，这已经不是个村庄，而是一片废墟。一台黄色挖土机仰着长长的脖子，在薄暮中俨然如一只钢铁恐龙，虎视眈眈，这一片废墟是它的杰作，它在等待着再次爆发，然后收官。小王猛然看到这一幕，内心一冷，似乎世界倒退到史前时代。

推土机的正前方，也就是村子中心，还有一个小院子，院墙已经推翻，但院子里的一座孤立小楼，却依然存活。小楼底部是青砖结构，年代久远，楼上是木头结构，是后来加盖的，外延的木头走廊栏杆已经掉下来。小王眼睛一花，只见一个少年从楼梯外侧猴子般爬上去，从二楼走廊外边，一手抓住栏杆，一手倾斜在外侧，上蹿下跳，试图练成电影里飞檐走壁的轻功。

这个少年，就是八九岁时的小王。

小王把思绪收回来，顺着掉满残砖的小路，深一脚浅一脚地走到院子，推开门，屋里白雾缭绕，好似一个妖洞，看不清妖怪躲在何处。小王定睛看去，灶台上水汽散去，一个顶上如富士雪山但周边还算茂密的头露了出来，那是老邱，正准备往沸水里下挂面。他转过头来，看见小王了，两人透过雾气对视着，如在硝烟中决斗的对手。

老邱脸上比当年多了两块横肉，目光又冷峻且充满敌意，把小王从上到下打量一遍，抖动着嘴边松弛的横肉，缓缓吐出一个字："滚——"

小王像中了一剑的斗士，身子颓然一软，本想说句话，但是嘴巴像被胶水黏住，他满心委屈，只好把酒盒子搁在门口，噙着刚产出的眼泪，转身就走。

"站住！"

老邱大步出来，喝了一声，把酒盒子提起来，递给小王。

小王尴尬支吾道："送送送给你的。"

"黄鼠狼给鸡拜年。"老邱轻蔑地用鼻子出气，他把酒盒子提起来，准备扔出去，不过他瞬间看到了"贵州茅台酒"的商标字样，浑浊的眼里精光一闪，突然口气转为温和道："这是茅台？"

小王像捡到一根救命稻草，忙道："对对对，茅台，真的茅台，听说您喜欢酒，专程给您送来。"

老邱盯着酒，熠熠生辉，转了转喉结，道："那酒就留下，你走吧。实话告诉你，之前有人来做工作，都被我骂跑了。"

小王忙解释道："邱伯伯，我不是来做工作的，我是来道歉的。"

"道歉？"老邱仔细地端详着小王，像鉴定一尊古董，道，"有什么好道歉的？"

"下午的事，完全是单位里派发的任务，不是我自己想去的，更没想到撞上你……"

当时小王穿着制服，面无表情地守在警戒线，一条黄色的带子，集会的人群像海浪挤过来，武警们像岩石一样用身体推回去。小王是最先被老邱认出来的，他发现推搡自己的警察是小王时，积郁的各种怒火忍不住爆发，语无伦次地嘟嘟嘟了几声，最后喊出一声"狗！"也只有这个词，才能表达此刻老邱眼中的小王。果然不出老邱的预料，这句骂声相当给力，小王心里像中箭一样，作为警察的使命感顿时散去，呆立在人群中失魂落魄。

老邱警惕地看了看门外，一片荒凉，确信

小王没有同伙，警惕的神儿陡然一落，叫道："那，进来吧！"

　　这座孤零零的屋子曾经是小王最爱凑热闹的地方，屋里有土灶、神龛、被烟熏得焦黄的杉木墙板、八九十年代的明星图片，还有锡壶、瓮子、开裂的碗，这是早年老邱喝酒时的器具，使得屋里常年弥漫着淡淡的酸味。小王见了那尊土灶，就跟孩子见了娘似的，心中一暖，灶口的黄土被烟熏得像铁一样硬，小王经常从外面偷个红薯回来，往灶灰里一扔，红薯被烤得外皮焦黑里头金黄，小王边吹着手边迫不及待地剥开。老邱叫道："吃完了把嘴巴擦干净，否则你妈又来怪我了。"当地地气热，烤红薯相当上火，小孩子吃了会扁桃体发炎，徐老师是绝对不让小王吃的。徐老师要是看见小王从老邱的屋里出来，就会悄悄地在一边盼咐："邱伯很不卫生，千万别吃他的东西，吃了会拉肚子。"小王并不以为然，他觉得邱伯伯家里每一样东西，都是有生命的。现在，灶台不知何时被铺上白瓷砖，焕然一新，不烧柴火了，灶台面上铺了一块木板，煤气灶放在上面。

老邱把茅台盒子放在桌子上，自个儿取出酒瓶，放在眼前欣赏着，像端详一个走失多年的儿子。他已浑然不顾锅里已经烧开的水，开水是准备下面条的。

小王彷徨道："我知道你以前喜欢酒，但我妈说你身体不好，不适合饮酒，送酒给您主要是表达我的意思，我还跟从前一样尊敬你，喝不喝都没关系。"

小王知道老邱现在的境遇和脾气都不好，又怕马屁拍到马腿上，怕老邱误会为"你送我酒是不是要我的命"的意思。

由于锅里的水过于沸腾，屋里像有一口大海在咆哮，空气中水汽弥漫，老邱的眼里只有酒，并不在意大海的咆哮，只听嗤的一声，溢出来的水把火浇灭了。一股煤气味弥漫出来，小王怕被闷倒，忙把煤气灶的开关关上。

"喝，怎么能不喝呢！"老邱端详够了酒瓶之后，突然来劲了，相当粗暴地把瓶盖三下五除二给拆了，道，"跟我一起喝。"

"我妈说你有脑血栓，喝酒对身体不好。"小王迟疑说道。

"那又怎么样。"老邱爽气道，"我戒酒八年了，是为了活得更长一些，可是活那么长干什么，我至今还没想清楚呢！"

既然他兴致如此之高，小王又怎能忍心让他扫兴呢！小王也兴奋道："那我就陪邱伯伯练练酒量。"

小王的酒量其实谈不上酒量，就是不会喝酒，参加同事聚会相当低调。

大概是老邱多年不喝酒了，找遍桌子上，没有杯子，只有碗，小王便把两个碗递过来。老邱给两个碗满上，把一碗酒放在鼻子底下，闭上眼睛，深深吸了一口气，酒气让他回到过去的岁月，眼睛久久不愿睁开。接着把碗沿挪到唇边，抿了一口，在嘴里含了片刻，顺着喉结滚下腹中。突然，酒像变了魔法似的，化作两滴老泪从他眼角冒了出来。

小王也正端起酒陪他，看到老泪，吓慌了，道："邱伯伯，是不是不舒服？"

老邱摇了摇头，老泪在褐色的脸上爬成两只透明的蚯蚓，叹道："不是不舒服，是太舒服了，小王，太舒服了。我这辈子喝过噶多酒，但没有喝过茅台，哦，茅台！"

"可是你流泪了？！"

"是呀，这段日子我一直觉得身体里少了什么，让我会害怕，会担心，这不是原来天不怕地不怕的我。现在我知道了，是酒，戒酒让我失去了胆量，我面对那台挖土机的时候，会发怵。这酒一下去，我就知道来了，我的胆来了，我是高兴呀。"

小王舒了一口气，从窗户可以看见那台挖土机，弯着铁臂，伺机而动。

"整个村就剩下你这一栋了！"小王忧心忡忡。

老邱拍了一下桌子，似乎把胆儿拍在桌上，指着窗边墙上的一杆猎枪，道："有这个，怕球。这玩意儿以前是打鸟的，不过鸟都是好鸟，人没有几个好的，还是打人更合适。"

老邱年轻时藏了把猎枪，偶尔跑去偷猎。

木头已经磨损得看不出是木头了，枪管则成了黑色，谁也不能肯定这把枪还能用不。

老邱举起碗，与小王碰杯后，再爽爽地喝了一口，豪气冲天道："挖土机的玻璃上有个洞，那是我打的，他们进攻一次，我就打退一次，你知道邱伯伯不是好惹的。"

小王却没有老邱这么乐观，他知道一杆猎枪挡不住什么，他知道老邱天真的英雄梦不久就会醒来。

"邱伯伯，你是嫌补偿款太少吗？"小王小心翼翼地问。

老邱又喝了一口，这次喝得有点大，眉头一皱，指着墙基道："你看看，这砖头，这石头，从我爷爷那一辈就有了，我就在这屋子里出生，我父亲也是在这屋里去世，你看，那里有我父亲的牌位，他的魂就住在这儿，我得守着呀。在这个屋里，我写了很多首诗，记录了我的人生，我的理想——"

酒入肠中，老邱犹如神灵附体，侃侃而谈，让小王眼前一亮：这还是自己印象中一身臭脾气的满脸浮肿的农民老邱吗？

"啊，邱伯伯，你会写诗？"小王惊奇问道。他只知道邱伯伯是当地的农民，比文盲农民要多识几个字，他嘴里说出"诗"这个字，简直要滑天下之大稽。

"这是个秘密。"也许是多年不喝了，也许是五十八度的茅台可真有点劲儿，几口酒下去，老邱鼻头发红，青色的脸也透着红光，傲视群雄，道，"你去灶台把榨菜拿过来，我去拿我的诗本儿给你看。"

他站起来哼了句北路戏的曲儿，揭开老旧的门帘进入卧室，从抽屉里取出一个笔记本，是绿色的塑封，封面画着一对英姿飒爽意气风发的年轻男女，穿着军装戴着军帽，无限憧憬而自信地望着远方。由于年头久了，有些褪色，英姿飒爽的青年男女也沧桑了。小王也在灶台上找到榨菜——在坚守孤屋的日子里，看来他大多数以榨菜挂面为食物。小王把榨菜放在碗里，老邱把笔记本啪地放在桌上，夹了一口榨菜，道："不错，白酒榨菜，人间美味，今儿你给我送酒送对了，小王，伯伯以前没有白疼你呀。"

　　小王由衷地高兴起来，虽然自己酒量浅得很，但还是跟老邱干了一大口。老邱把笔记本推过来，道："你翻开看，看看伯伯是不是一个诗人。"

　　笔记本上，每一页都写着诗，有的是古诗，每行五个字，码得整齐，有的是现代诗，字数不等，还有的是四个口号，气势昂扬的顺口溜，有着工农兵时代的强烈气息。小王对诗不是很了解，以一般性的概念来说，说这是诗，太勉强；但对于一个没认识几个字的农民来说，这是了不起的成就，不由夸赞道："邱伯伯，你太让我吃惊了，你的诗太让我吃惊了，我还以为你就懂几个字呢。"

　　由于酒意再加上小王的吹捧，老邱显出不可一世的表情，傲然道："还是你小王有文化，整个村子里的人都认为我没读过书，是文盲，连我爹也这么认为，就你明白，其实我是个诗人。哈哈哈，这是个天大的秘密。"

"可是，邱伯伯，我妈说你没念过书呀。"小王陪着喝了几口酒，也由一个沉默的人变成一个思维活跃的人。

"哈哈，你妈妈也不懂。我呢，是跟你妈妈一块进的学堂，不过我只上了三天学，就出麻疹回家养着，也不知道能不能活，活过来以后，再也没有进过学堂。后来我在生产队里学了很多字，当时队里写报告什么的，都是我出手，几乎没有不会写的字，不会写的就用半边字代替，也能看得懂。更奇怪的是，有一天我发现自己会写诗，一个晚上就能写好几首，古诗呀，四言诗呀，信口就来。我把写的诗给念给队长听，队长虽然是文盲，但很有水平，一听就说好，说我是文化人——哎，这么一个明白人，可惜早早就饿死了。后来因为我有文化，我当上村里的通讯员，有一年县政府招干，我去报名了，人家问我什么文凭，我掏出我的诗本，我说文凭是没有，但是能写诗。可是，人家只看文凭不看诗，没有一个明白人。那是我一生中最好的一次机会，擦肩而过呀。我死了心，想还是回到村里当个诗人吧，我听说的乾隆皇帝写过四万多首诗，我想超过他，就搁在这屋子里写，我想只要超过皇帝了，别人就能认可我的文化。可是，我爹老是要我去赚工分，我没那么多工夫写，哎，我只写了十本，离皇帝的数量还差得远，惭愧呀，临老了他们还认为我只是个农民……"

老邱相当亢奋，嘴里刹不住车，生活中他是个话不多的人，此刻变成倾诉狂，似乎要把年轻时的理想重新来过一遍。小王听说老邱写了十本诗，相当惭愧，也相当震惊，问道："哦，都是您写的吗？"

老邱嘴里"嗤"的一声，像燃起一根导火线，道："不信，嘿，我马上现场来一首你看看，自从戒酒之后，我就没什么灵感了，但是今晚这酒来劲，我灵感来了，你听着——"

老邱闭上眼睛，喘着粗气，以手托腮，进入了思索状态。小王没有吃饭，陪着老邱喝了小半碗空腹酒，眼皮忍不住打架。但不忍打断老邱的诗兴，依旧强行睁着眼睛，等待老邱从思索状态中吟出诗来。但是老邱的眼睛并没有睁开，粗重的呼吸旋律突变，成了鼾声，随着老邱的手腕一软，头也搁到桌子上，鼾声更加悠长。小王见老邱进入梦乡，也闭上了打架的眼皮。

二

小王似乎被自己的鼾声打醒，迷糊之中，又听见老邱在叫："小王，小王，你走了吗？"

小王睁开眼睛，四周一片漆黑，转头看去，才发现窗外有一方天光，原来，天已经全黑了。小王连忙应声。老邱叫道："有火吗？我忘了火在哪儿了。"

小王从口袋里掏出打火机，点燃了桌上的气死风玻璃灯。屋里早已断电，老邱是靠这一盏灯守护房屋的。村里的废墟一片寂静，挖土机成为一团沉重的阴影，灯光透出窗外，是村里唯一的生机。

老邱睡了一觉，精神陡涨，道："小王，

不错，真不错。"

小王一脸茫然道："什么真不错？"

"酒呀，这是真的茅台酒，喝完脑子里一片澄明，一点不含糊，好酒！"

"您原先认为它是假酒？"

"就是嘛，我原以为能喝上假茅台就不错了，没想到呀小王，你是个实诚的孩子。"

小王被夸得不好意思了，道："这酒呢，其实我也不知道是真是假，是一个做生意的朋友送的。他给第二胎的孩子上户口，我帮了点小忙，少收了点社会抚养费，他就提瓶酒来谢我，他交际广，看来能弄到真酒。"

"嗯，不做诗还真对不起这么好的酒。小王，刚才我做的诗好不好？"老邱脸色更红，豪气冲天，似乎是黑夜里的乡村之王。

"刚才的诗？哦，挺好的。"小王睡了一觉，也醒酒了，只想早点回去，道，"邱伯伯，天这么黑，我也该回去了。"

"回？回什么回！这里也是你的家！"碗里的酒已经见底，老邱给两个人都满上，"刚才我做的什么诗，你念一遍我听听。"

小王是个老实人，见小谎言圆不过去，老实道："邱伯伯，刚才你还没念出诗，就睡过去了。"

"哦，难怪我觉得自己念诗的时候，底下万头攒动，敢情是在梦里。"老邱捋了捋思路，竖起食指，让自己和小王都盯着食指的指尖，道："听着：此屋住我祖，此屋住我孙，要把我赶走，门儿都没有——"

吟罢，如一尊天神静默，等待来自万众的拥戴。小王顿了顿，鼓起掌来，单调的掌声在静夜里传得很远。老邱还是静默，似乎觉得小王的反应不够热烈，小王点头道："邱伯伯，这首诗追得上杜甫了。"

老邱猛然间热泪盈眶，发出狮子一样的怒吼："他妈的，为什么他们都认为我没文化，为什么我不能进城工作呢！小王，只有你懂得伯伯的文采，可我他妈的一辈子就困在这间屋子里，啊，我恨这间屋子。"

老邱处于失控状态，一生的失意郁积在体

内，如一个火药桶，此刻点燃了，被醇正的白酒点燃了，小王真怕他会一头撞到墙上，忙举起碗道："邱伯伯，来，干一口。"

酒是个好伙伴，把老邱从失控状态拉了回来，他含着泪深情地饮了一口，情绪稍微平息，但还是忍不住泣道："小王，我恨这间屋子。"

"哦，那就离开它，将来搬到回迁房。"小王建议道。

"可我怎么舍得它，我一辈子的憋屈都困在这里，我不能让它没了。"

"伯伯，拆迁是国家需要，个人利益要服从集体利益，换个环境没有什么不好呀。"

"什么国家，这里就是我的国，我的家，我不想走就不走。"老邱倔强道，"我要在这里挣扎到死。"

九仙村是城郊古老的村落，据说最早的祖先是从唐末避乱到南方了，到了明代有一支移居到九仙村。传说有九个仙人在这里下棋，下完了后留下九个石墩，村中因此得名。这座村庄虽然离城很近，但相当平静，在火车站落成之后，就成为炙手可热的香饽饽了。城市中心建起了万达商圈之后，另一个房地产商很快瞄上了火车站商圈，很快与政府达成协议，九仙村的拆迁随之开始了。

小王说服不了老邱，想走又走不开，只能默默地陪他喝酒。茅台的香味在房间里四溢，酒精在撩拨老邱的神经，使他的思绪如野马奔腾，完全突破了年轻与年老的界限，梦想与现实的界限。微亮的灯光照在老邱的脸上，一边如赤焰般热烈，另一边陷入了黑暗。

"你的父母只是这里的过客，我不一样，我是要住到死的。对了，你知道当初我为什么答应你妈让你一家来这儿住？"老邱提起了另一个话题。

小王家原本住南门兜，是老城区的一幢木头老房。在小王八岁那一年，边上一家裁缝店起火，烧成一片，把临河的十几座老房子烧个干净。没有办法，小王的妈妈带着全家回到城郊，住在老邱的院子里。老邱与小王的妈妈是邻居，从小一个村长大的，自然有很好的交情。

好在九仙村离城区不远，爸爸妈妈骑自行车上下班，也就比以前要多骑近二十分钟。

"是你为人好，可怜我家当时没房子住？"小王猜测道。

"不，我可是脾气最臭的人，换另一个人要住我的房子，我绝对不肯。"

"那为什么呢？"

"因为我喜欢你妈妈，懂不，她有文化，看不上我，但我喜欢她，从没跟人说过。我一直没有结婚，就是想找个像你妈妈一样的有文化的姑娘，但是介绍给我的都是农村姑娘，跟你妈妈一比简直不是人，所以我宁可打光棍。我打了一辈子光棍，但心里住着一个女人，就是你妈妈。哈哈哈，这是一个天大的秘密……"

老邱神采飞扬，好像此刻跟小王的妈妈在诉说，这可让小王面红耳赤，道："邱伯伯，这是过去的事，别说了。"

"不，我可不想把这个秘密带到棺材里。小王你一定要把这个秘密继承下去，这个秘密里有爱，我老邱的爱。"

"我知道了邱伯伯，您是要我把这个秘密告诉我妈，是吗？"

"这个，呵呵。"老邱开心地笑道，"随你啦，但我喜欢她这是个铁的事实。你妈是个好女人，可你爸爸就是个书呆子，一点都不懂得疼女人，一句好话都不会说，换了我，绝对不是那样疼女人的。我太讨厌他了，不知道你妈是怎么看上他的，只能说，傻人有傻福吧。可我不讨厌你，小王，我顶喜欢你，一直把你当成儿子……"

老邱沉浸在幸福的幻觉里，小王真怕他下一句会说"小王，其实你是我的孩子"之类的话。在小王的记忆中，妈妈对老邱的印象是不好的，不只是蔑视，还有讨厌，因此老邱的表现让小王心里不是滋味。小王实诚道："可是，可是我妈妈好像并不喜欢你。"

老邱的脸瞬间僵硬，随即又松弛，故作豪放地哈哈大笑道："这我知道，在她眼里我只是个农民嘛。不过这有什么关系呢，这一辈子，我的最大的愿景，都是得不到的，我已经习惯了。但是我有酒，酒一来，什么愿景都活了，人都认为我打一辈子光棍，错了，我有酒，我不是一个人活着的。来来来，让酒陪着我们。"

老邱欢快地端起碗，看着清澈的酒，像欣赏一个鲜活的舞动的女人，腮帮横肉里每个毛孔都荡漾着喜悦。然后闭上眼睛又来一口，所有的梦境场景似乎都到心里去了。

"您这么喜欢酒，可是怎么还能戒掉八年？"小王已经被他感染了，小王也爱上酒，并且觉得酒是妙不可言的东西。

"哎。"老王叹了口气，道，"我死过一次，就在这张凳子前面，我喝着喝着，就倒下了。也算我命不该绝，到了晚上，隔壁的七哥来借米，摸黑进来，把我踩了一脚，赶紧叫了人把我抬到医院，住了半个月呢。我天不怕地不怕，就是喝死了也没什么。刚好你妈来看我，她说，老邱，你这心血管的病，再不能喝酒啦，你一个人，要是倒下了，得等臭了才有人知道，恐怕到时候送你都恶心呢。哎，我就上心，我可不能死的时候还让你妈嫌，我得身上干干净净的，她送我的时候，能想象老邱过去好的东西，觉得这人还不错。就为这念想，我戒了，没有个好活总得有个好死吧，你说是吧。但说实话，戒了酒，我的精气神也没了。"

小王没有想到，老邱这一晚就跟妈干上了，不过老邱既然肆无忌惮，倒也让小王没有什么忌讳了，也激起了兴趣。

"你后悔了吗？"

"有啥后悔的。你妈让我戒酒，你现在又送了最好的酒给我，这都是缘分，人哪，要相信一些缘。"

小王觉得在妈妈与老邱的缘分中，似乎极不平衡。妈妈在老邱的眼里好到极致，好到可以不要房租把房子腾出来让她一家子住；老邱在妈妈的眼里，似乎浑身缺点，哀其不幸怒其不争。这让小王颇为伤感，小王安慰道："邱伯伯，你放心，我一定把你的好心告诉我妈。"

小王当然不会希望妈妈与老邱发生什么瓜葛，而且也不可能发生，但是精神上的事，必须有个呼应。

老邱摇了摇头，道："那些都不重要，你妈妈从来就不可能相信我的一句正经话。但有一件事你倒是可以告诉她，我真的没想过偷看她洗澡。"

这句话一张口，小王又尴尬了，心里有说不出的难受。如果不是在酒的世界上，六十八岁的老邱恐怕也不会吐出这样的字眼。

这件事其实小王也有点印象，那时候小王还小，后来的情节是通过片言只语串起来的。这座院子里有一个公共浴室，在院子东南侧，与旁边的厕所相通，洗澡水可以流进粪池里。浴室是用木板拼建的，里面用塑料布再铺一层。门板由于常年开关，早已开裂。有一天，徐老师在洗澡，突然感觉到门板上有双眼睛透过缝隙往里看，她叫了起来。小王的爸爸正好进院子，一下子逮住了老邱。老王提起公文包要打老邱，老邱顺手操起了铲子，热爱和平的老王就不动了，只骂了声"流氓"，然后守在浴室门口，让徐老师继续洗澡。王家与老邱打了几个月冷战，毕竟不是一件风光的事，后来谁也不提，把这一篇翻过来，又开始有来有往。但很长的一段时间内，小王的爸妈提到老邱，一直以"流氓"取代。后来老王单位有了福利分房，终于搬到市区，老王说了句"终于摆脱流氓了"。

老邱见小王一脸尴尬，继续道："其实那天我是想看看谁在那里洗澡，洗那么长时间，水也是要钱的，我就想看个明白，没有想偷看女人的……"

"你如果想知道是谁，其实只需要问一声就可以了。"小王以警察的逻辑打断他的话。

"哎，有些事情就是那么鬼使神差，我当时就没想过问一问，就是想亲眼看看。所以，这顶帽子就一辈子扣在头上。小王，说实在的，我偷偷想过跟什么女人结婚，但是偷看女人洗澡，这种事，凭良心说，我做不出来的，格调低呀，好歹我是个会写诗的文化人。如果说别的女人，我也不在乎，偏偏是你妈，哎，是老天爷发神经，要把一坨屎落在我头上，让我怎么洗都是臭的。小王，你相信我吧？！"

　　小王是个警察，这种混蛋逻辑的话他接触不少，当然不会相信。但眼前面对的是老邱，他能说什么呢，只好劝道："这事已经过去了，我爸妈也应该忘记了，你也忘了，就别再提吧。"

　　"不，这件事烙在我心里，我冤呢，多少年了，我一直想找个机会跟你妈说，开不了口。小王，现在是我澄清的最好机会，你得帮我。"

　　"我愿意帮你，可是你的这种逻辑，没法帮助你澄清呀。"小王的职业习惯驱使他如此计较，他希望老邱有另一种说得清的理由，他才能帮得上忙。

　　"我不知道什么叫逻辑，我只要你跟你妈说明，我老邱不可能去做这么冒犯她的事，不可能的。"老邱哀求道。

　　在小王不长的办案生涯中，确实有处理过许多不合逻辑的案件，事实就是不合逻辑，如果你按照逻辑去推，反正是个冤案。最终只能归结为喝醉了，或者脑子短路了，或者说中国人的感性逻辑在起作用。

"那可以说是你酒后的行为吗？"小王也在想一个为老邱开脱的路子。

"不。"老邱的头摇得像个拨浪鼓，"酒是个好东西，不能怪罪到它身上。"

"那总得有个站得住脚的理由呀。"小王是个证据狂人。

老邱绞尽脑汁，突然拍着自己的脑袋道："人品，怎么样，以我的人品当保证，以一个诗人的人品？"

"好吧。"小王内心苦笑了一声，口气坚决道，"既然人品都亮出来了，我妈没有理由不相信！"

"我相信你，小王。"老邱如释重负地举起碗来，仿佛小王已经为他澄清了，乘兴道，"如果你让你妈妈相信我是个诗人，那就更棒了。"

"这一点我倒是能轻易做到。"小王点了点头，"诗与笔迹都是你的，无懈可击。"

"太好了，小王，我一定要超过乾隆的。

本来我等到这一天，然后告诉你妈，后来我泄气了，现在我又有勇气了。"

"超不超过乾隆不要紧，关键是你确实是九仙村那一代最有文化的人。"小王恭维道。

"不，除了你妈，她出去读过书，是最有文化的，我呢，算是没出去读书的最有文化的，这一点是没有疑问的。关键是没有人相信。"

黑夜像一块巨大的磁铁，把白天的轰鸣声都吸附住了，只有那些欢快的虫子的鸣叫，它是吸不住，在黑暗时静时闹。爷俩的话语与灯火，从坏了的窗棂里透出，与废墟的小生灵彼此呼应。突然，窗外传来砖头磕碰的响声。

"谁？！"老邱条件反射地站起，但他的脚是软了，整个身子就瘫在长凳上。小王拖动自己沉重的双腿，扶住他。老邱挣扎着过去提起猎枪，往窗外喝道："谁，不要命了吗？"

声响只有一下，再无声息。小王扛着老邱沉重的身子，道："是野猫吧。"

老邱这才重新把枪搁在窗边。小王把老邱再次扛回桌子旁，道："邱伯伯，你醉了，该进去睡觉了。"

"不，我就在这儿守着。"老邱道，"醉的感觉太好了，没有任何禁忌，没有什么能阻止我高兴。"

老邱把碗里的酒一饮而尽，拿过瓶子再倒的时候，瓶里的酒只剩三分之一。但是老邱把瓶子挪到跟前时，已经架不住醉意，将瓶子放在碗边，休息片刻，顷刻间就睡着了。小王蒙眬间见到老邱的醉态，觉得自己该回去了，站起身摇摇晃晃往门口走，在手触到门板的时候，脑袋上像有一块乌云压了下来，得了，小王顺势瘫在地上，此刻没有比睡觉更他妈的重要的事了。

三

小王是被渴醒的。酒精带来醉意的高潮已在他脑中过去，脑中那块沉重的乌云也散去，头也轻了很多，但是嘴特别干渴。他咽了口水，皱着眉头睁开眼，眼前出现了星星点点的光。

不可思议，难道酒后眼冒金星？他再次睁开眼
睛，终于看清楚了，不是眼冒金星，而是他看
见了星星。夜空多么美好，这晴朗的夜空，星
星闪烁，在自己恒定的位置上发出光芒，一派
安宁。啊，不，天哪，小王终于清醒地见到，
屋顶不知何时已被掀开，掀得干干净净，自己
看见了暴露无遗的星空。

一阵冷汗，小王挣扎着翻身而起，老邱还
趴在桌子上，鼾声震得木头发出颤抖，真像一
头雄狮呀。他在做着壮丽的梦，此刻真不应该
叫醒他。但是小王过来摇着他的头，叫道："邱
伯伯，你看呀。"老邱收起鼾声，睁开眼睛环
顾四周，屋顶和二楼被齐齐削平，像是上帝之
手拿掉的，而原本在数十米开外的挖土机，此
刻近在咫尺，机械手伸到窗上，安静矗立，冷
冷地看着窗内的一切。

老邱一声干嚎，扑到窗口去取枪，那支枪
不知何时已经长了翅膀飞走了。

"枪呢！"老邱急切地问小王，好似门外
千军万马已经赶来。

小王张大嘴巴，愣愣地看着这一切，他不相信这是现实。

老邱指着屋内的天空，嚎叫道："老天呀，你睁开眼睛看看哪，看看哪！"然后脑袋一垂，就瘫了下来，昏迷过去。

小王以职业的急救知识，把他的头抱在怀里，边掐他的人中，边大声叫唤。

老邱悠悠醒来，一睁眼就抓住小王的衣领子，对准小王就是啪啪两巴掌。小王懵了，抱着他哭，道："邱伯伯，干吗打我呀。"

"还问我，你还敢问我！"

老邱继续打下去，小王只好用手遮住脸，站了起来，道："为什么呢？你说个理由！"

"一定是那伙人叫你灌醉我，好把我房子给掀了，你这臭小子，原来真是他们养的狗！"老邱站起来，摇摇晃晃追着小王打。

小王捂着脸，两腿无力，趔趔趄趄地回避着，哀求道："我真的不是狗，伯伯，你能相信我吗？我是诚心实意拿酒给你喝的。"

老邱绕着着桌子追打小王，像两个捉迷藏

的小孩，转了两圈，老邱实在没力气了，坐在凳子上，靠着桌子喘气儿追问道："不是你，你怎能证明不是你？"

小王也喘着气，在对面坐下，道："我没法证明，就像你没法证明你不是偷看我妈妈洗澡一样。但是你必须明白，我在这里住过，这里也是我的家，我怎能做这种猪狗不如的事呢。"

小王的声音悲愤有力，让老邱陷入沉思，两人怔怔地对望着，似乎在对方的目光里探寻出路。窗外的挖土机无情地看着这一幕，那个神奇的挖土机手不知在何方了。小王突然操起一块砖头，朝着挖土机砸过去，挡风玻璃哗啦啦地碎了。

小王撕心裂肺地叫了一声："操你大爷的挖土机！"

声音在夜空中传得很远，但没有任何回音。

老邱哽咽着，叫道："小王，过来！"

小王犹疑着靠近他身边，准备随时对付老邱的进攻。但老邱没有动手，抬起他那张涕泪交加的脸问道："真的不是你干的？"

"真不是我！"

"猎枪呢？"

"我真不知道。我是个有良心的人，就跟你是个诗人一样。"

老邱的头颓然倒在桌上，哭道："爹呀，我对不住你，我没看住这个家……"

他瘫软成一团，像个刚出生的婴儿，也像婴儿一样无助地哭啼，房屋的毁灭使得支撑他的力量化为泡影。干哭不过瘾，老邱颤颤巍巍地起来，去正墙的祭桌上寻找他爹的牌位。那是个木牌，上面画了符，代表逝者的灵魂。小王扶着老邱，老邱抱着牌位，立在桌子上。他倒了一碗酒，放在牌位前，哭道："爹呀，你喝碗酒，别生气，等我到了那边你再骂我吧，我是你不肖儿。"

小王看老邱哭得像根面条，便扶住他，拍着他的肩，像安慰孩子一样。无助的老邱变成一个话痨，靠在小王肩上絮絮叨叨地诉说："我爹呀，你这牌子上是我爹的魂，当年他是饿死的，六一年，吃观音土吃死了。临前说，儿呀，将来有条件，祭祀的时候多摆几碗呀。我点着头，他就走了。乡邻几个把他扛到村边万人坑埋了。大家都饿着肚子，没力气，埋得浅，过几天就被狗刨出来吃了。我那时候不懂事，没去捡骨头，后来明白事理的时候，去捡骨头，没有了，到处都是骨头，谁也不知道是谁的。他没有坟墓，我后来只好请道士做了个牌位，把他的魂儿请回来。果真是请回来了，他的魂儿就在这屋里，常常托梦给我，在梦里跟我聊天。每年的七月十五，不管多拮据，我都要借钱办一桌，让他吃得痛快，纸钱烧一座山，让他花得痛快。你看现在，这屋子毁了，我也不知道他魂儿能飘到哪里去——爹呀，你没地儿待了……"

老邱像女人一样边哭边诉，房屋的毁灭让他遭受沉重的打击。哭诉累了，两人静静地挨着，像浮在大海中的一对求生者。

小王在默默地流泪，突然想起一件事，从怀里抽出一支钢笔，道："邱伯伯，这支钢笔，我还给你。"

老邱停止哭泣，看着那支笔，但想不起来它的来历。

"是我高考那一年，你特地买来送给我的，你忘了？"小王提醒道。

"哦，我记起来了——干吗要还我呢？"

小王考上公安专科学校那一年，邱伯伯送来了一支英雄牌钢笔，作为祝贺的礼物。当时邱伯伯说："小王，当了警察，有出息，将来要当个英雄。九仙村小偷特别猖狂，晚上偷鸡偷鸭时就拿着刀堵住人家门口，谁出来就要干倒谁，人家只好哀求小偷给留几只。你毕业以后，可得治治这些小偷呀。"小王当时满口答应，可是毕业后却没有来过一趟。

"我辜负了你，出门的时候我就这么想，我必须把笔还给你，我不配做你期望中的英雄。现在更是——这间屋子我连一个晚上也保护不了。"

老邱缓缓地接过笔，端详了片刻，这支笔比刚买时旧了许多，但没有任何破损，是一支好笔。老邱把笔插在小王的衣袋里，道："你还年轻，配得上它。"

此刻，在这间露天的房屋里，寒意从天而降，老邱抬头看了看星辰，又看了看牌位，突然握住小王的手，哑着嗓子道："小王，你能答应我一个要求吗？"

小王愕然看着老邱，不知道有什么重任要挑在自己肩上，坚定地点了点头。

"你当我儿子，好吗？"老邱虽然脸上是醉意加上悲伤，但还是相当难为情。

"啊？"小王不知道什么意思，一脸茫然。

"干儿子，你不用姓邱。"老邱一脸哀求。

小王瞬间明白了意思，道："行！"

老邱精神一振，道："啊，真的吗小王，叫我一声爸？"

"爸爸！"小王深情地叫了一声。

老邱紧紧地握着小王的手，像是要把小王的肉嵌到自己的肉里，变成真正的骨肉。

星辰、废墟乃至昆虫，在此刻全都肃穆了。

良久，老邱把牌子拿起来，塞到小王怀里，

道："对着他叫声爷爷，他能听到的。"

小王低低地叫了一声。

老王振奋道："再把酒摆起来，咱爷孙仨同喝。"

一碗是小王的，一碗是老邱的，还有一碗摆在牌位前。老邱道："爹呀，以后不用找这间屋子，找不到了，你要找这个牌位，小王会看住这个牌位的……"

小王的头麻木了，他随着老邱的节奏，再次将酒一口一口地灌下去。即便老邱没有跟他碰杯，他也会一口口干下去，因为每一口都化为一团团热气在胸中化开，驱散下半夜的寒意。当然，他还要跟牌位干杯，这个化为灵魂的爷爷。在老邱的执着诚意下，小王觉得这个灵魂确实在周围环绕，享受着此刻的饮酒作乐。

小王再一次高了，但无数温暖的泡沫在脑子盘旋着，化成无比温馨的心愿场景：在他和李敏生活的家里，老邱坐在客厅里看评剧。小王在厨房里忙活完最后一道菜，叫道：爸，吃饭了。老邱乐呵呵地从沙发上起来，小王从柜子里掏出酒来，给老邱斟上。老邱心满意足地看着这一切，从怀里掏出木牌，说，也给你爷爷来一杯。李敏看到这一幕，颇为不悦，小王解释道，别介意，这牌子是一个无家可归的灵魂，我们这里是他的归宿。李敏听了，便释然了。每一天，他们都这样温馨地度过，就像小时候小王在九仙村住着一样。

一阵连续不断的鸡鸣声把小王从梦境中拖了出来，他想翻身起来，身上却被一块硬邦邦的石头压住。梦魇之下，他觉得两手的力气都被抽走了，无法摆脱。挣扎许久，脑袋中一阵魂飞魄散，终于从梦魇中解脱，发现老邱压在自己身上。他把老邱推开，只见老邱一动不动，身子早已僵硬，眉毛上结了一层薄薄的霜。小王以警察特有的敏感用手在老邱鼻孔探了一下，发出一阵狮子一样的哭吼："邱伯！"

老邱全身僵硬得像块木板，气息全无，只有七窍中散发的酒味，证明这是一个不久前还活着的人。桌上已经熄灭的酒精灯突然噗的一声，亮了，照亮了老邱紧闭双眼不再醒来的面容。

　　屋里屋外安静极了，鱼肚白的微光给世界镀上一层冷峻的色彩，使得世界犹如一个蛋，被薄膜罩住。小王觉得快要窒息了，不知自己何时才能破壳孵化。

　　"把我的魂儿埋在酒瓶里。"像是从地底下发出的声音，小王四下张望，没有一个人，那瓶空空的茅台酒瓶，不知何时已经抓在邱伯僵硬的手上。

图书在版编目(CIP)数据

老骨头/李师江著. — 福州:海峡文艺出版社,
2024.11
（独角马中篇轻读文库）
ISBN 978-7-5550-3878-8

Ⅰ. I247.5

中国国家版本馆 CIP 数据核字第 2024LF9578 号

老骨头

李师江 著

出 版 人	林　滨
责任编辑	余明建
编辑助理	陈　瑾
出版发行	海峡文艺出版社
社　　址	福州市东水路 76 号 14 层
发 行 部	0591－87536797
印　　刷	福州德安彩色印刷有限公司
厂　　址	福州市金山工业区浦上标准厂房 B 区 42 幢
开　　本	787 毫米×1092 毫米　1/32
字　　数	96 千字
印　　张	7.625
版　　次	2024 年 11 月第 1 版
印　　次	2024 年 11 月第 1 次印刷
书　　号	ISBN 978-7-5550-3878-8
定　　价	28.00 元

如发现印装质量问题,请寄承印厂调换